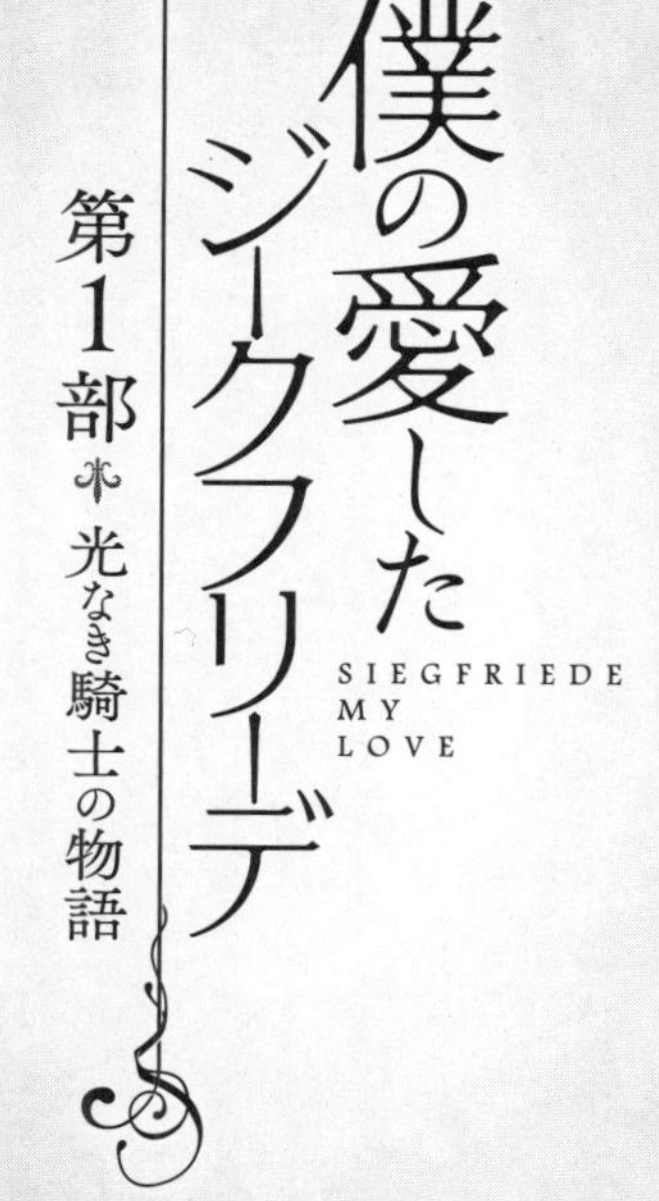

僕の愛したジークフリーデ

SIEGFRIEDE
MY
LOVE

第1部 光なき騎士の物語

ファルまろ

【prologue】

うららかな春の陽光が降り注ぐ、王宮内の花園。

色とりどりの花が咲き乱れる中で、煌びやかな刺繡のドレスを身にまとった、十歳にも満たぬ少女が歩いている。その姿は愛らしく、美しい花の妖精のように花園を進む。風が吹き抜けると、黄金の髪は王冠のように光沢を放ち、ドレスは白い翼のように広がる。国王だけでなく、多くの国民から愛されるロザリンデは、リーベルヴァイン王国の未来の象徴であり、優しく聡明な王女として城下でも評判だった。


「ジーク、ジーク〜、どこなの〜？」


王女が花園の中で、朗らかな声で臣下を呼ぶ。それは彼女が最も信頼する親衛隊長の名前。

「はっ！　王女殿下、ジークフリーデここに」

甲冑を身に着けた少女が、王女の元に駆け付ける。まだ十代前半の若さではあるが、引き締まった表情と、鋭い眼差しは護衛としての使命感に満ちている。全身を武装した姿の中で、銀色の髪から覗く白いうなじだけが、彼女が年頃の少女であることを示していた。

「もう～、ジークったら、今日はいっしょに花のお手入れをするって約束したじゃない」

「申し訳ございません殿下。王宮内の警備と巡回がありましたゆえ」

「警備なんて大丈夫よ。この国は良い人たちばかりだし、なんたって私にはジークがついているんだから」

　その言葉は、あながちただの冗談でもなかった。ジークフリーデの剣腕は、十三歳で親衛隊長に抜擢されるほど轟いており、師匠であるファーレンベルガーを除けば国内最強という呼び声もある。なまじの賊なら一刀のもとに切り伏せるだろう。

「しかし、私は王女殿下を命に代えてもお守りするのが使命。巡回ひとつも、決してないがしろにするわけには参りませぬ」

「ジークは本当に真面目なんだから～」

　王女が呆れながら微笑むと、ジークフリーデは、「申し訳ございませぬ」とその場に片膝をつきながら答える。使用人も家庭教師も数えきれないほどいる王宮にあっても、王女のお気に入りはいつもジークフリーデと決まっていた。年が三つしか離れていないということもあるが、王女が四歳、ジークフリーデが七歳のときから仕えているという経緯から、そこには主君と臣下を超えた絆があった。

「ジーク、目を閉じて」

「目、でございますか？」

「そう。ちょっとだけ」

「はっ……」少女騎士は、戸惑いつつも目を閉じる。跪き、うつむいた姿勢は絶対の忠誠を誓う主君と臣下の構図であったが、それはまさにこの二人の関係そのものだった。

「目を開けて」「はっ……」ジークフリーデは目を開き、自分の頭に載せられた何かを触る。ひらりと落ちた白い花弁から、それが花で作った冠であることを察する。

「それ、ジークにあげるね」

「ありがたき幸せ」

「コンバラリア地方では、大切な人に花冠を贈る習慣があるのよ」

「左様でございますか」

「じゃあ、今度からそれをつけて巡回してね」

「いや、それは……」困った顔の騎士に、王女は「ウフフ、冗談よ、冗談～」とジークフリーデの首に抱き着く。「お、王女殿下、いけません！　そのようなはしたないことは——」と少女騎士は叫ぶが、王女は「ジーク大好き～」と甘えた声を出して離そうとしない。幼なじみでもあり、親友でもあり、仲の良い姉妹のようでもあり……そんな二人を、王宮の使用人たちは、花園の手入れをしながらニコニコと見守っている。

豊かな穀物、栄える交易、そして名君と謳われる国王。世界最強を誇るファーレンベルガー率いる王国騎士団。さらには後継者たる王女が幼くして聡明であることと、それに仕える親衛隊長が天才剣士とくれば、誰もこの国の将来を疑う者はいなかった。愛と忠誠、繁栄と平和。そのすべてがここにあった。王女はこの国を愛し、この国の民も王女を愛した。いつまでもこの緩やかにして愛に満ちた時間が続くと、誰もが信じていた。

だが、時の流れは残酷であり、運命の女神は気まぐれだ。

それから三年後——

14

この二人は殺し合う。

第一章　大魔術師の弟子

1

（なんて日なの……！）

リーベルヴァイン王国の東に広がる森林地帯。地元の民は『鎮魂の森』と呼ぶ地域では、白いカーテンのごとく視界が濃霧に包まれており、その中を、僕——オットー・ハウプトマンは死に物狂いで走っていた。

「ぜぇっ、はっ、……ごふぅっ⁉」

元々、運動が大の苦手で、体力にはまったく自信がない。だからこそ騎士でも使用人でもなく魔術師（メルルーシ）という時代遅れの生業を選んだわけだが、まさかこんなふうに連日の全力疾走を強いられるとは……！　帽子からこぼれる栗色（くりいろ）の髪を振り乱しながら、我が身の境遇を嘆きつつ走る、走る、走る。鼻の頭にかかった眼鏡が落下防止の鎖と何度もぶつかるが、今は位置を直している余裕はない。

「あの小娘、どっち行った……⁉」「こっちにゃいねぇです！」「バカ野郎、さっさと捕まえろ！」「おい、枝が折れてるぞ！　あっちに回り込め！」

（うわっ、こっち来た……！）

僕は老木の太い幹に隠れて、乱れた呼吸を必死に整える。昨日、そして今日。ついでに言えば五日前も、こうやって森賊（バルデア）に襲われた挙句、森の中をあっちこっちに逃げ惑った。先代国王が退位して以降、「治安の崩壊はひどいもんだぁ、お嬢さん今のリーベルヴァインに渡るのはやめといたほうがいいですわいなぁ」という訛（なま）りのひどい年老いた船頭の忠告を聞いておくべきだったか。そんなことを後悔してみるがもう遅い。

（仕方ない、こんなところで『消費』したくないんだけど……）

鼻の頭の丸眼鏡を掛け直し、それから一度、深呼吸する。

「イ・ルブラ・アントゥル・レーン――」

声を押し殺した詠唱とともに、その手にした杖（つえ）の先端に光を集める。先端の魔呪玉（バルン）に文字が浮かび上がり、それは僕の瞳を鏡のように映す。

「透過（スール）」

その瞬間だ。僕の体が、すーっと薄くなり、その姿は透明なベールに包まれる。旅の最中に賊から逃れるために何度も使うことで、いつの間にか熟達した透過魔術。疲れるからあまり使いたくないが、今はそんなことも言っていられない。

「どこ行きやがった、あのアマ……」

汚い言葉を吐きながら、濁った目の男たちが、僕のいる木の近くまでやってくる。その手には重そうな斧、鉈、ナイフ。どれも赤黒い血のようなものがこびりついている。どれだけ多くの旅人の血を、その刃は吸ってきたのだろう。森で見かけた頭蓋の割れた白骨死体を思い出し、ぶるりと身震いをする。

「女のニオイがするぞ……」

鼻毛が伸び放題の鉤鼻が、僕の顔の前でひくひくと動く。腐った果実のような歯茎を剝き出しにした口元が、じゅるるっとよだれをするのを見ると、ぞわっと悪寒が背筋に走る。

（うっ……）

ぎょろついた目と視線が合うと、思わず必死に息を止める。向こうには僕が見えていないはずだが、物音を立てれば感づかれる。鼻息が荒くなるのが自分でも分かる。

その後も賊たちはなおもその場を探し回ったが、やがて「あー、ちきしょうめっ！」と一番大柄な男が叫び、前にいる手下らしき男を蹴飛ばした。ぎゃっ、と叫び声が森に木霊する。

「けぇるぞ、くそっ！」

汚い言葉を吐きながら、賊たちが去っていく。その姿が森の奥へ見えなくなっても、引き返して来ないか用心深く待つ。

（行った……な……）

ここで気を抜いて、万が一見つかったら元も子もない。

安全を確信すると、

「あ～、もう……」

へなへなと、僕はその場に崩れ落ちた。

○

賊を振り切ったのは良かったが。

（水……水飲みたい……）

何度も確かめた空っぽの水筒を振り、一滴の水もないことを恨めしく思いつつ、僕は森を一人で歩き続ける。ペンダントにしてある魔方位磁石（ダウジングロッド）を軽く振りながら、

「オール・ワラ、ウル・ワラ・サン……オール、ワラ、ウル・ワラ・サン……」と呪文を唱えながら、『水』のありかを探す。菱形（ひしがた）の宝石が振れを強くする。小川か泉、あるいは湖畔——とにかく『水』が近い。早くちゃんとした水が飲みたい。木の根っこから水分を搾り取る魔術はもうたくさん。あれ、苦いし、喉がイガイガするし。

霧の中を足元を確かめながら、疲れた足で進んでいくと、少しずつ樹木が開けた場所に出てくる。

（あ……）

陽光を反射する水面が、きらりと光って僕を出迎えた。

助かった……。久しぶりの水場に、水を飲む前から乾いた心が潤うような安堵を覚える。湖畔に漂う霧のアーチをくぐるように進み、久しぶりの水気にウキウキしながら駆け寄ろうとして、

——あ！

僕は立ち止まる。

湖に、誰かがいた。ゆらりと動く白い人影。

息を呑む。

陽光を反射し、銀色の光沢を放つ長髪から、水の粒を滴らせ、白い肌が腰のあたりまで水面に浸かる。濡れた前髪によって顔までは見えないけど、遠目に見えるその姿は湖に舞い降りた女神のような印象を受ける。女性らしい丸みを帯びた腰つき、そして胸には豊かな双丘が揺れ、白い腕が優しい手つきで体を撫でる。

すごい、綺麗……。

同性なのに思わず見とれたまま、相手が振り向きそうになったので慌てて身を伏せる。

——いけない、いけない。

ボーッとしていた自分を嗜める。ここは森賊が跋扈する深き森。さっきも遭遇したばかりな

のだ。

（ええと……）

周囲を見回す。女性のいる向こう岸には、旅の荷物らしきものは見えず、脱ぎ捨てられた衣服も見当たらない。僕と同じような旅人には見えないし、かといってこんな治安の悪い場所で若い女性が一人で水浴びとか、どうも様子がおかしい。不用心にもほどがあるし、さっきまでうろついていた森賊（バルデブ）の奴（やつ）らが来たりしたら目も当てられ――

「女のニオイだ～」

2

それはまるで、繊細かつ優美に描かれた聖女の名画に、汚泥（おでい）をぶちまけたがごとくに。

「素（す）っ裸（ばだか）の女がいるぞ～！」

「うへぇへへっ！」

静謐（せいひつ）なる湖の空気は、途端にガラガラした男たちの声で覆われる。

（森賊（バルデブ）……！）

先ほど僕が振り切ったばかりの賊たちが六人（しかも増えてる！）、湖の向こう岸に現れた。

女性を待ち受けるように岸を取り囲み、完全に逃げ道を塞ぐ陣形。

「い～い女だなぁ～」鉤鼻（かぎばな）の男が、自分の持つ斧（おの）をぺろりと舐（な）める。隣の小男も「ひょ～っ、むしゃぶりつきてぇ、お、おっ、おんなァ！」とむせるように叫ぶ。

「………」

女性は湖の中に下半身を浸（つ）けたまま、じっとその様子を見ている。一言も発さないのは、恐怖で言葉が出ないのか。

（どうしよう、助けなきゃ……！）

そうは思うが、手はガクガクと震えている。

怖い？　この僕が？

……はい、怖いです。正直言って怖いです。

（どうしよう、『光芒（レイア）』くらいならギリ撃てるかな、でも、目潰ししたところで、すぐに追ってくるし……そもそも僕、走れるの？　魔力ももうほとんどないし……）

大昔、魔力と体力は別々のものだと考えられていた。魔力とは人間社会とは別の超常の力であり、神々や悪魔たちの力を人間が代理で行使するもの――そんなふうに考えられた時代が長く続いた。しかし、時代が下り、魔力の詳しい仕組みが分析され、明らかにされていく過程で、魔力とはすなわち生命力、人間の力そのものだということが解明された。

つまり、魔術を使うと、体力が減る。

特に今の僕みたいな魔力枯渇状態で魔術を使うとなれば、いわば空腹時に激しい運動をするようなもので、あっという間に息切れするのだ。魔術を使ってから全力で逃げるみたいなことはまず無理だし、そもそも足の速さも体力も向こうのほうが上だ。どう考えても六人は振り切れない。

（お師匠様……）

亡きお師匠様の優しくも厳しい笑顔が浮かび、僕は泣きたくなる。キュリオス・ル・ムーンの一番弟子、こんなところで泣き言を言っては駄目だ。でも、でも……！

僕がまごついているうちに、事態は動いた。

（えっ⁉）

湖の女性は、裸身のまま、男たちのいる方向へと歩き出した。それから白い足を湖畔に踏み入れる。白く引き締まったお尻がこちらからは丸見えだが、男たちのほうにはそれより大事な部分が見えてしまっているのではないか——などと少し品のないことを考えていると、男たちはさらにテンションが上がったのか、「んおほおおっ！」「げっはひゃっ！」とか叫んでいる。一人は何やら下半身の衣服を脱ぎ捨てている。最悪の事態になりそうな予感。

彼女はまるで誰もいないかのように、黙々と歩き、そばにある樹木の前で立ち止まる。

そこで静かに振り向き、前髪を掻き上げた。

（あ……）

遠目だが、僕にも分かった。女性の顔に巻かれた『それ』の存在。

眼帯。

そうとしか形容のできない黒い布地が、彼女の両眼を覆っている。つまりそれはこの女性が両目とも光を失っていることを意味する。

（若い……）

正面からその顔を見て、より相手の容姿がよく把握できた。その顔立ちは二十歳よりも前、実際には十六、七歳——僕と同年代くらいに見える。やや高めの身長と、発育の良い体つきを除くと、顔つきは『少女』そのもの。眼帯が異物のようにその両眼を覆う。

「おめぇ、目ぇが……」

賊たちも気づいたようだった。それまで眼帯は前髪に隠れていたし、あるいは裸身に見とれてそこまで注意が回らなかったのか、一瞬だけ彼らの動きが止まり、それから顔を見合わせた。

次の瞬間。

ドン、と女性は後ろにある木の幹を叩いた。男たちがビクリとして女性に視線を戻すと、木の上からは何か——棒状の物体が落下してきた。女性は頭上で手を掲げ、まるで上から降ってきた物体が見えているかのように、その棒状のものをパシリと手で握る。

(剣……!?)

女性の身の丈ほどもありそうな長剣。その鞘を握った女性が腰を落とし、構えを取る。

「こいつ、武器を持ってるぞ!」

男たちがにわかに警戒の視線を彼女に向ける。

(そうだ、助太刀しなきゃ——)

僕が草むらから一歩踏み出そうとしたとき。

不可思議なことが起きた。

少女の腕が消えたかと思うと、光の線が走った。それは瞬きする間もないほどの出来事で、気づいたときには賊たちが一斉に倒れる。六人、全員だ。

(何が……起きたんだ?)

少女の手にした長剣は、すでに鞘に収められている。あの剣で賊を倒した——そう解釈するしかない光景なのだが、抜刀も剣閃もまったく見えなかった。賊たちがわずかに呻き声を上げているのを見ると、殺してはいないようだが、それでも立ち上がろうとする者は一人もいない。あの一瞬で倒して、しかも手加減したというのか。それとも偶然?

(すごい剣術……いやこれは——)

僕の胸元ではグイグイと、魔方位磁石（ダウジングロッド）が彼女の方角に引っ張られ、指輪型の魔量計（メータリング）は見たこともない虹色に煌（きら）めている。明らかな魔力反応。

もしかして、天才剣士ってやつ……？

魔力と生命力は同じもので、それはつまり生きている人間なら誰でも魔力を持っていることを意味する。もちろん魔力を最も自在に使いこなせるのは魔術師に違いないけど、魔術の心得がない者でも魔力を使う者は存在する。特に、卓越した腕を持つ剣士や騎士、武術家といった者たちには、武芸を極めることで本来人間には不可能とされる『力』を繰り出す者がいる。僕も諸国を旅して、ごく少数だが、確かにそういう強者たちをこの目で見てきた。一瞬の抜刀で大岩を斬る者、素手で巨木を貫く者、一度の跳躍で屋根に上る者――

『卓越した武術は魔術に等しい』

とは我が師匠の言だ。いわば、人間の『生命力』を、『肉体』を通じて行使するのが騎士・戦士といった者たちで、『精神』を通じてコントロールするのが魔術師。いわば同じエネルギーの『使用法』の違いだというのが魔術に詳しい者にとっての常識となっている。

（ここまですごい使い手には久々に会ったな……でも）

気にかかるのは、やはりあの『眼帯』だった。いかに天才剣士だとしても、目が見えないのにあそこまで自由自在に剣を振るえるのはおかしい。いったいどういう仕組みなのだろう。

胸元のペンダントは輝き続ける。

（これは、ひょっとすると、ひょっとするかも！）

未知の──魔術。

ここ最近、賊、賊、賊と連発で遭遇して、己のツキの無さを嘆いていたが、ここでやっと『手がかり』らしきものに巡り合った。城下町に入る前から思わぬ大収穫──かも！

──おまえの悪い癖だ、珍しい魔術と見るやすぐに飛びつくのは。

お師匠様の言葉が胸の奥をよぎったが、このとき僕はすっかり浮かれていた。

「ねえ、君！」

草むらから姿を現し、喜び勇んで少女に声を掛ける。

「今の技、すごいね！　いったいどうやったの⁉」

僕は湖畔を回り込むように、少女の元に駆け寄る。少女は眼帯のままの顔を僕に向け、再び剣を構えた。

「あ、ちょ、待って待って！」慌てて手を振る。「僕、怪しい者ではありませんから！」

「…………」

「えっと……ああ、そうだよね、そりゃ」眼帯の少女は剣を下ろす様子はない。抜刀こそしていないが、その構えは明らかに僕に向かって今にも剣を抜きそうな姿勢だ。

「僕、オットー・ハウプトマンと申します。旅の魔術師(メルルーシ)です」

「…………」

少女はまだ剣を下ろさない。その視線は僕をまっすぐ見据えている。というか、彼女、見えているのか？　分厚そうな眼帯は光を通しそうには見えない。

「とりあえず、その、剣を下ろしてもらえるかな？　僕、丸腰でしょ？」

「…………」

僕の言葉を聞き入れたのか、少女はゆっくり構えを解く。

「ありがとう」

「…………」

何も言わず、少女は僕に背を向ける。改めて、彼女がまだ全裸であることに気づき、僕のほうが少し恥ずかしくなる。考えてみれば、全裸の少女にいきなり話しかけて、警戒するなというほうが無理だ。丸腰の度合いで言えば彼女は真(ま)っ裸(ばだか)なのだから。

眼帯の少女は、さきほど叩(たた)いた樹木を、もう一度軽く叩(たた)いた。すると、今度はどさりと荷物が足元に落ちてきた。盗まれないように、剣も衣服もそこに隠していたようだった。

「それでさ、さっきの『技』だけど」僕は話を戻す。「あれはどういう仕組み？」

「…………」

少女はこちらの質問に答えず、黙々と下着をつけ、衣服をまとい、防具を装着する。薄い装甲の鎧は、一見すると軽装備に見えたが、よく見るとリーベルヴァイン王国の紋章が刻んである。この人、何者なんだろう？

「あ、僕はね、『これ』のために旅をしているんだ」

僕は手のひらをかざし、「解除」と唱える。今まで透過魔術で隠していた一冊の『本』が出現し、彼女の前に浮く。かすかな燐光は『これ』に封じ込められた魔力の凄まじさを物語る。

「これはね、『大魔術典』と言って、僕のお師匠様が作ったものなの。世界中の珍しい魔術、特に禁忌魔術のたぐいを収集しているんだけど、この最後の一ページに封じるはずの魔術がどうしても見つからなくてね。このリーベルヴァインはお師匠様が宮廷魔術師を務めてた所縁の土地だから、きっと何か手がかりがあると思ってはるばるやってきたんだ。だけどこの国、周囲を海に囲まれてるでしょ？　それでなくたって西の辺境だし、だからどうしても後回しになってて——あ、ちょ、ちょっと待ってよ！」

顔を上げたとき、眼帯の少女はすたすたと歩いて木々の中に消えていった。

「待って！」

慌てて駆けるが、時すでに遅し。木々を抜けたところにはもう彼女の姿はない。

（あ、あれぇ……？）

何か機嫌を損ねただろうか。それとも初対面でずけずけと言いすぎた？

軽い後悔とともに、もう見えない彼女の姿を探していると、

「おらっ、どいたどいた……ッ‼」

「わっ」

いきなり馬車が横切り、僕はびっくりして飛びのく。

「あ……」

振り向くと、霧の向こうに四角い屋根が見える。馬車が何列も並んでいるのは国境沿いの検問で、旅の商人らしき老人が煙管（きせる）を吹かしている。

「リーベルヴァイン……」

目的地だった。

3

古い通行証が使えたのは幸いだった。

お師匠様の家にあった十年は前の古い証文は、正直ボロボロで突っ返されるかと思ったけど、門番の兵士は震え上がったように直立不動になり、慌てて僕の前を空けた。お師匠様はかつてリーベルヴァインのお城で働いていたこともあり、とにかくここまで来て足踏みしないで助かった。ていうかお腹（なか）減ったし。

あの眼帯の少女のことは気になったものの、とにかくまずは腹ごしらえをしないとどうにもならない。夕陽（ゆうひ）が沈みかけた街で、昼間の森賊（バルデブ）から巻き上げた金貨（気絶していたので懐（ふところ）から拝借してきた）が僕の気を大きくさせて、この日は宿屋に泊まることにした。

宿のベッドに座ると、旅の商人から値切り倒してまとめ買いしたプブレット（これは旅人には定番の保存用の『乾パン』で、たいがいはスティック状にしてある）をモシャモシャと頬張り、それを水といっしょに胃（い）の腑（ふ）に流し込む。腹が膨れると眠くなり、「ふわぁ……」と大あくびをして、とりあえずそのままベッドに倒れ込んで熟睡。気づけば夜が明けていた。

翌朝。宿の炊事場で水を借り、いくらか髪と体を洗うと、やっと生き返った心地になる。本当はもう少し旅の疲れを癒（いや）したかったが、そうも言っていられない。『大魔術典（ラ・メルディア）』の編纂（へんさん）――その使命のために、僕はわざわざ海を渡ってこんな西の最果てまでやって来たのだ。

「う――――んっ!!」

宿屋を出て、思い切り背筋を伸ばした後、朝の空気を胸いっぱいに吸い込む。お目当ての魔術も、眼帯の少女も、すぐに見つけ出してみせるんだから！

僕は勇んで街へと繰り出した。

……と、威勢が良かったのは最初だけで。

街の中を進むうちに、僕は徐々に気づき始めた。

（変だな……）

亡き師匠からは、リーベルヴァインは活気に溢れたところで、商業都市としても栄えていると聞いていた。往来には商人の馬車が行き交い、街には数々の店が並び、軒先では宿屋の看板娘が声を張り上げる、という話を幾度となく聞かされた。

だが、目の前の街はどうも違う。確かに店の看板は目に付くものの、とても活気があるとは言い難い。検問待ちの馬車はかなりいたように思うが、到着した商品が市中に豊富に流通している感じはない。汚れた敷布の上に座り込んでいる人たちが、露天商なのか物乞いなのかも判然としない。

（うーん、あんまり気が進まないけど、稼がないと先立つものがね……）

人通りがそこそこある場所で、とにかく僕は本日の『しのぎ』を始める。

すっと息を吸い、吐く。

そして、

「やあやあ我こそは高名なる大魔術師キュリオス・ル・ムーンが一番弟子、オットー・ハウプトマンでありまする～！」

声を張り上げると、通行人たちが何事かと視線を向ける。そこで僕はドンと自慢の杖を地面に突き立てる。

「お集まりの皆々様の中で、打ち身・捻挫・肩こり・腰痛・冷え性にお悩みの方はいらっしゃいませんか～？　今なら全て一律三百アーツ、三百アーツで治療いたしますよ！　魔術の効果は一週間保証！　切り傷・火傷・内出血でしたら確実に完治させます！　もしも治らなかったらお代はいただきません！　やあやあ我こそは──」

幼少のころから、商人だった父親と世界各地を回った。七つの海と九つの大陸を巡り、たいていの言語で簡単な挨拶と値切り交渉くらいはできる。この手の大道芸人、じゃなくて露天商は三歳のころから父の隣でこなしているし、ちなみに今やっているのは東の商都、黄金と刀剣で有名なヤポニカの商人を真似たものだ（たぶん合ってる）。

だが。

（人、来ねぇ～）

始めて一刻ほどして、嫌でも分かる。

確かに注目は浴びる。子供はちょっとだけ面白がって寄ってきたりもする。だけど実際に客になってくれる人は誰もいない。いつもなら半日もやればその日のパンとスープ代くらいにはなるのに。「お姉ちゃん、いくら？　本番あり？」ちょっとやめてくださいそういうのじゃないんです……的なやりとりすらないのは異様だ。

（え、なに、この国……）

異様だった。誰もが何かを恐れたように、視線が合うとすぐにビクリとして顔をそむける。誰も話しかけてこないから、得意の話術（自称）で交渉をまとめることもできない。「おめぇ、ウチのシマで何やってんねん？　誰に断って商売してんねん？」的なコワイお兄さんたちすらやってこない。

「なんやシケた街やなぁ……」

　思わず、父の生まれ故郷の方言でぼやく。

（うーん、魔術ってそんなに落ち目なのかなあ……）

　商売を諦め、近くの石に座り込む。

　かつて、魔術師(メルルーシ)こそがスキルの花形とされる時代があった。今から三百年ほど前、『大魔術時代』と言われたころは、攻撃・防御・幻覚・治癒・呪殺など、ありとあらゆる魔術が花開き、魔術は飛躍的に進歩した。『魔術の父』と呼ばれた大グラドス卿(きょう)――ちなみにこれは僕のお師匠様キュリオス・ル・ムーンの流派の開祖でもある――によって、それまでは戦闘でも治癒でも補助的な役割しか果たしていなかった『魔術』は、一気に戦場の主役となった。百人もの兵士を魔術師一人が退けるといったことが現実に行われ、世界中の為政者たちが有名な魔術師を召し抱えようと好待遇で迎えた。魔術の才能さえあれば一攫千金(いっかくせんきん)、立身出世が思うままの時代。

そんな古き良き時代が二百六十年にわたって続いた。

　しかし、今から四十年ほど前に、世界は変わった。魔術が急速に衰退し、代わりに剣術が勃興する時代がやってくる。きっかけとなったのは一つの『鉱石』の発見だった。

　反魔素材(グリゼルダ)。

元々は金・銀・銅・鉄・錫などよりもはるかに価格の低い、脆くて錆びやすい『クズ金属』の代名詞だった。それが一躍脚光を浴びたのは、このグリゼルダ鉱石を溶かし、鉄や銅などを一定の比率で混ぜ合わせてできる『合金』が、魔術を相殺するという効能を持つと分かったからだった。合金から微量に発せられる金属粒子が、魔術の元となる『魔素』を打ち消し、『相殺』するということが四十年ほど前に判明した。すると、これまで魔術師の脅威に悩まされていた小国がこれを国軍の装備に採用。これが劇的な効果を発揮し、戦場で猛威を振るった火炎・雷撃・氷雪などをはじめとする攻撃魔術が、『反魔素材』の鎧の前で煙のように消えるという現象が起きた。無論、『幻影』や『透過』などの魔術にはまだいくらかの効果があったものの、剣術と魔術の関係は完全に逆転し、高名な魔術師たちは戦場で次々に倒され、駆逐されていった。

　こうなると、高額の報酬をもって魔術師たちを囲っておく意味がなくなり、全世界的に宮廷魔術師の解雇が相次いだ。『大魔術時代』というこの世の春から一転、今度は魔術師『冬の時代』と呼ばれるようになって四十年、魔術は衰退の一途をたどり、今や魔術は『治癒』を中心とした地味な一技術に成り下がってしまった。折悪しくと言うべきか、医学と薬学の発展も重なり、その治癒ですら今や絶滅の危機に瀕している。高度な治癒魔術は正直医学とは比較にならないほどすごいものがたくさんあるが、長年の苦しい修行、高額の魔術書、さらには失敗した場合の死亡や障害のリスクと相まって、若者の一般的進路からは完全に敬遠されている。さらに治癒魔術は高度であればあるほど術者の寿命を縮めることも判明し、目指す者はよほどの物好き——そう、この僕のような魔術マニアだけとなった。僕がお師匠様であるキュリオス・ル・ムーンに弟子入りを志願したときも、最初は冗談と思われてまるで相手にされなかったのは今となっては懐(なつ)かしい。

——これからの時代、魔術で食えるのは天才だけだぞ。

（お師匠様……）

寒々とした雑踏で、寒風に身をさらしていると亡(な)き師匠の箴言(しんげん)がしみじみと染(し)みる。こと、治癒魔術にかけてはあの厳しいお師匠様をして『天才的』とさえ評された僕なのに、そもそも魔術自体がすでに時代遅れでさっぱり客が寄り付かない。だいたい、治癒魔術をかけると術者である僕の『魔力』が奪われ——すなわち『体力』も奪われるので、なんというか儲(もう)かっても疲労感がすごいのだ。こりゃあ流行(はや)らないわけだ、魔術師(メルルーシ)。コスパ悪いもん。

——やっぱり、時代は魔術より剣術かあ……。

ふと、あの『眼帯の少女』を思い出す。彼女の剣術は、本当に目を見張るものがあった。一瞬で森賊(バルデブ)たちを倒し、息ひとつ乱さない。魔術と見まごうばかりの剣術。何より、『眼帯』をしたままであの強さ。

——あの子、絶対に何かあるわ。

生活費を稼いだらすぐに探しに行こう。そう思っていたが、まだ今日は銅貨一枚も稼げていない。

こんなことでは、あの少女を探し出すなんて、とても——

そう思って、力なく座り込んだときだ。

(……?)

ふいに、鐘の音が鳴った。

○

ゴーン、ゴーンという、重々しい響き。道行く人が立ち止まり、周囲の家からも住人たちが顔を出す。そしてみんなが挙ってどこかへ——おそらくは鐘の音がする方角へと歩き出した。

(え、なになに?)

僕も住人たちの後をついていく。何かの催しものか、あるいはお祭りか? そんなことを思うが、足早に進む人たちの横顔は一様に暗い。

しばらく歩くと、町の中心部らしき広場に出た。中心部、と感じたのは、そこに天を突き刺すような巨大な大聖堂が建っており、広場には数千、いや数万人はいそうな群衆が集まっていたからだ。大聖堂の周囲は武装した兵士たちがびっしりと警戒態勢を敷いており、鋭い視線を向けている。鐘は大聖堂の塔で高らかに鳴り響いており、鐘の音はぎっしり詰めかけた人々の頭上を大音声で駆け抜けていく。

「ねえ、何が始まるの？」

近くにいた初老の女性に話しかける。しっ、とその女性が唇に指を当て、道の脇にいる兵士たちを恐れたように見る。

「お嬢さん、旅の人かい？」

「？　そうだけど」

「なら、悪いことは言わないよ。『慈悲深き聖女』の『謝肉祭』では大人しくしてたほうがいい」

「え、バルム……？」

「粛清」

「あ、ちょ――」

早口でぼそぼそ言ったあと、訊き返す間もなく初老の女性は頭巾で顔を隠し、逃げるように群衆に紛れて見えなくなった。

（いったい何なの？）

どこか不安を煽られ、僕もフードを目深に被り直す。最後の言葉が『粛清』というふうにも聞こえたが、ちょっと自信はない。そうこうしているうちに人だかりはますます増え、その誰もが沈痛な表情で、周囲は異様な緊張に包まれる。いったい何なのだろう。余所者(よそもの)の僕がここにいたらまずいかしら、とも思うが、すでに後ろのほうまでぎっしりと群衆が埋めており、どこにも行き場はない。

やがて、鐘の音が終わると、急に喧騒(けんそう)が静まった。びっくりしたのは、一斉にその場にいる人たちがしゃがみ込んだことで、鐘の音が合図だったように老いも若きもその場で跪(ひざまず)いて座り始めた。

(礼拝？　でも……)

変だなと思いつつ、立ってると目立つので僕も周囲に倣(なら)う。しゃがみ込んで、前にいるちょっと大柄な男性の肩から覗(のぞ)くように、大聖堂のほうを観察する。

やがて、鳴り終わった鐘の近くに、人影が見えた。

「遠隔視(グラス)」

音のない声で詠唱し、視力を一時的に上げる魔術を使用する。僕の眼鏡が光の膜に包まれる。

(……！　なにあれ⁉)

大聖堂の鐘には、複数の人物が立っていた。甲冑(かっちゅう)をまとった兵士が五人ばかりいて、その前には縄で拘束された大人と――その隣はあろうことか子供が縛られて、座らされている。姿から囚人だというのは分かる。そして、兵士たちの背後にいる人物は、豪華なドレスをまとった一人の少女。金色の長い髪が豪奢に広がる。

（なんて……顔をしているの）

少女の顔は、凄まじい表情だった。目が吊り上がり、眉根が寄せられ、顔全体で憤怒の感情を余すところなく表している。憎悪、激怒、殺意、残虐、その他もろもろの負の感情を閉じ込めたような形相。何をどうしたら、人は、こんな顔ができるのだろうか。

だが、そのまとったドレス、傍に仕える王家の紋章を刻まれた服の使用人、何より少女の頭に輝く、この国でただ一人しか許されぬ巨大な宝石を嵌め込んだ冠。

（あれが、リーベルヴァイン王……？）

先代の国王が崩御し、若き王女が王位を継承したという話は旅の噂でも知っていた。だが、少女の顔は、美人と形容すればそれに間違いはないが、あまりにも怒りの形相が凄すぎて何か悪いものにでも憑かれたようにしか思えないほど歪んでいる。それとも、あそこに座る罪人らしき二人に、それほどの恨みがあるというのだろうか……？

子供が泣き叫んでいるのが分かる。そして、隣にいる男の囚人が何かを必死に訴えている。

「息子だけは」「お慈悲を」というのがここまで聞こえる。

（まさか……）

囚人の親子は、無理やり立たされると、まずは男の子のほうが、巨大な鐘のほうに連れてこられた。そして鐘の中に入らされると、そこに開いた『穴』から、首だけを出した。その脇には巨大なサーベルを構えた一人の兵士。これから何が起きるのか、疑いようもなく分かる。背筋に冷たいものが走る。

鐘のそばにいた官吏らしき男が叫んだ。

「この者たちは、王国への反逆を企てた賊である！　家族は賊を匿った罪で同罪！　ゆえに、リーベルヴァインの正義と秩序を維持するために、これから陛下の御前にて処刑を執り行う！」

その声は、広場によく響いた。音声を増幅する魔術なのか、うっすらと『鐘』が光っているのが遠目にも分かる。魔量計がわずかに反応する。

（それにしても……）

罪状らしきものが告げられたようだが、納得がいかない。大人はともかく、あの年端も行かぬ子供にいったい何の罪があろうというのか。

だが、現実は無慈悲だった。

「やれ」

女王の唇が、そう動いた瞬間、

ポン、と男の子の生首が飛んだ。

跪いた数万人の観衆から、ああ、とも、おお、ともつかぬ声が漏れ、それはすぐに静まり返る。生首は真っ赤な鮮血の糸を引いて、やがて大聖堂の底で何かがひしゃげるような音がした。

（うそ……）

絶句する。これが、粛清……？

首をなくした子供の遺体を前に、痛ましいほど父親の絶叫が響く。だが、その父親もまた、鐘の中に入らされると、首だけを『穴』から出し、息子の後を追った。生首が、真っ赤な噴水をぶちまけて空を一直線に落ちていく。

（なんてむごいことを……）

あの親子が具体的にどんな罪を犯したのかは分からない。ただ、子供の首を刎ねてから父親を処刑するやり方は、明らかに父親を精神的に苦しめるために決められた順番に思えた。

だが、まだ終わらなかった。

父子に続いて、もう一人、囚人が連れて来られる。

（あ、あぁ……）

それは若い女性だった。目隠しを解かれると、そこに倒れている首のない二人の死体を見て、ここまで聞こえるような大きな声で泣き叫んだ。母親だというのは、流れから察した。

母親の絶叫が広場にさんざん響き渡ったあと、今度はリーベルヴァイン王——若き女王がお付きの使用人からサーベルを受け取る。そして母親もまた、鐘の穴から首を出され、女王自ら

の手によって、その生首が飛んだ。

　血がほとばしり、女王が返り血で真っ赤に汚れる。

「ハハハアハハハハッアハハハハハアッハハハ……!!!!」

　狂ったような声で、女王の笑い声が響き渡る。

「これが反逆者の末路よ……!!」

　そう言ってサーベルを投げ捨てると、金髪の女王は大聖堂の奥へと消えていく。

　鐘の音が鳴り響いた。

　このとき僕は、鐘に刻まれている紋様が、『人の顔』を象(かたど)っていることに気づいた。二つの穴は『眼(め)』を模しており、それはどちらも空洞で、さっきまで『罪人』の生首が出ていた場所。その二つの眼窩(がんか)からは血の涙のごとく処刑された者の血液が伝っている。俯瞰(ふかん)してみると、鐘全体が血の涙を流した聖女に見える意匠。もしかすると、これが慈悲深き聖女(バルムヘルツイヒ)……?

　――リーベルヴァインは良い国だ。

（お師匠様……本当ですか？）

　先代国王までは、確かにそうだったのかもしれない。ただ、今はとてもそうは思えない。いったいこの国に何があったのか？

（見るんじゃなかった……）

　惨劇と絶叫が、まだ目と耳にこびりついている。なんだか精神的にもひどく疲れた。もう、今日は宿に帰ろうか——

そう思ったときだ。

胸元のペンダント——『魔方位磁石（ダウジングロッド）』が反応した。それは僕の胸をいきなり巨乳にしたみたいに中から服を盛り上げる。

「えっ、急に何……⁉」磁石は強く反応する。それに釣られて、いくらかバラけ始めた人ごみの中をすり抜けるように進む。やがて、とある街角で、

「あっ……！」

僕は一人の人物を見つけた。

白銀の髪を垂らし、その背中には長剣、そして忘れもしないあの『眼帯』。

（あの人だ……‼）

ドクン、と心臓が高鳴る。まさかこんな雑踏で再会するとは。というか魔方位磁石（ダウジングロッド）、感度抜群。さすがお師匠様の発明！

今度こそ逃がさないぞ！

少女を追いかけ、僕は雑踏を走り出した。

4

しばらく尾行は続いた。

眼帯の少女はどんどん進んでいく。歩幅の違いから置いて行かれそうになりながら、僕は少女の後をある程度距離を取りながら追跡する。やがて、大聖堂からも、町の中心部からも相当離れた郊外の『路地』に、少女は入っていった。

続いて僕も路地に踏み込もうとしたとき、

(あれ……?)

いない。

さっき路地に入ったばかりの眼帯の少女が、すでに消えている。

しまった、見失ったと思った瞬間。

「──秘密官の草か?」

首筋が、ひんやりした手によって摑まれた。

「うっ……!」

ぐいっと引っ張られ、僕は路地に引き込まれる。

「どこの手の者だ?」

「が……う」

強い力で押さえつけられ、それから「あのとき、湖にいた女だな？」と尋問される。

「ゲホッ……あ、怪しい者では――」

「しらばっくれるな」

ギリリ、と首を摑んだ手に力が込められる。すごい力で、みしみしと僕の鎖骨が悲鳴を上げる。やばいやばい折れる折れる！

意識が飛びそうになった瞬間、

「ふん……」

力が緩んだ。いきなり手を離され、僕は壁に寄り掛かるようにして崩れ落ちる。右肩を触ると、痛みはあるが折れてはいなくてほっとする。

「だから怪しい者じゃないって……」どうにか壁に手を突きながら立ち上がる。見上げると、少女は眼帯のまま、見えないはずの目でこちらをじっと見下ろしている。

「私に関わるな」

「そうは……いかない、の」鎖骨の痛みを堪えつつ、気を取り直して言い返す。「君には、訊きたいことがあるんだから」

「訊きたいこと？」

「君の『眼』って――」

「――そこの者！」

僕の質問を遮るように、急に男の声がした。

（あ！）

視線を向けて驚く。

路地の出口には、甲冑をまとった兵士たちが立っていた。

「ふん……つけられていたな」

眼帯の少女は小さくため息を吐く。

「え？　僕？」思わず自分を指す。

尾行していたつもりが、まさか尾行されていたとは。全然気づかなかった。彼女を追うのに夢中だったせいだ。

「そこの眼鏡の女！」

先頭にいる男から、ぶしつけに怒鳴りつけられる。路地の出口には複数の兵士がいて、誰もがこちらを鋭い目つきで睨んでいる。これ、まずいかも。

「おい、聞いているのか⁉　おまえだ、おまえ！」

「は、はい。なんでしょう兵士さま」

僕はおっかなびっくり答える。

「おまえを『異教流布の罪』で拘束する」

「イキョールフ？」

「サブラン通りで大声で臣民をたぶらかそうとしたろう？『ヤーヤーワレコソワ』などと異国の言葉で」

――やあやあ我こそは高名なる大魔術師キュリオス・ル・ムーンが一番弟子――

（あー）

異教流布というより異国情緒を出すつもりでやったのだが、裏目どころか最悪の目を引いたようだ。

「あの、兵士さま、誤解なんです、僕はただの旅の魔術師でして――」

「これ以上の抵抗は王国反逆の罪とみなす」

どうしよう、こんなところで捕まるわけにはいかない。もし捕まったら、まさかさっきみたいに処刑⁉

ぶるりと恐怖で身震いしたところで、

「こいつはただの旅人だ」

ぬっと、僕と兵士の間に一人の人物が割って入った。それは眼帯の少女。

「なんだおまえは、邪魔をするといっしょに――」そこで兵士の顔色がサーッと変わる。傲慢

だった物言いが急に止まり、一歩、二歩と後退し、

「お、おまえ、まさか……」

別の兵士が後を引き継いだ。

「ク、クリューガー⁉」

緊張が走る。路地の出口を塞いでいた男たちが飛びのき、半円を描くように包囲陣形を取る。

まるで戦場だ。

「…………」

彼女はそれをつまらなそうに見ると、空白となった路地の出口から外へ踏み出す。僕は路地に留まったままその様子を見つめる。な、何が起きるんです？

「は、反逆者のクリューガーだな？」

兵士たちは四人ばかりいて、そのうちの一人が震える声で言う。誰かが狼煙(のろし)を上げたのか、あたりに赤い煙が立ち込めていた。

（反逆者……）

その響きで、先ほど大聖堂で処刑された親子を思い出す。相当ヤバい罪状だというのは考えずとも分かる。

（ていうか……『クリューガー』って、どこかで聞いたような……）

疑問を解消する間もなく、場の緊張はさらに高まる。

「お、大人しくその場に座り込み、武器を捨て両手を挙げろ」

マニュアルどおりの台詞を読み上げる兵士の声は震えている。何かがおかしい。武装した兵士四人で取り囲んで、一人の少女を相手に何を恐れているのか。それともこの少女の腕前はそれほど周知のことなのか？

「何事だ……!?」「部隊長！」狼煙を見て集まってきたのか、兵士たちが増える。さらに四人の部隊が駆け付け、合計八人となる。と思ったらもう二人増える。十人。さらに物陰から三人で、十三人。あれ、これまずくない？　もしかして王国中から増援が来ちゃうやつ？

隙を見て逃げ出したいが、あいにく路地は行き止まりで、活路は前にしかない。

「お、おい、本当にクリューガーじゃないか……ついてるぞ……」部隊長と呼ばれたヒゲの男が舌なめずりをする。「これで出世も思いのままだ……」

部隊長が腰の剣を抜く。すると、他の兵士たちも次々に抜剣した。

「クリューガー、おまえも馬鹿だよなぁ……」

部隊長が低い構えでじりじりと近づいてくる。他の兵士も左右から挟撃する態勢で、逃げ場はどこにもない。

「おまえもうまく立ち回れば、もっとイイ思いができたろうにな……『上』にカネさえ握らせておきゃあ、そのへんの女を抱いてから殺したってこの国はおとがめなしになったんだぜ……」

眼帯の少女は何も答えない。ただ、その体がわずかに前傾したのが、すぐ後ろで見ていた僕には分かった。

「盲目なら、あの『王国の牙』もただの女だ。――やれ」

そして戦闘は始まった。

「やあああっ！」

左右に展開していた兵士たちが、二人同時に斬りかかった。

だが。

（――!?）

彼女はすでにそこにいなかった。銀色の髪がそよいだと思ったとき、兵士の二人は昏倒して崩れ落ち、眼帯の少女は部隊長の『後ろ』にいた。

「な……っ!?」

驚いた部隊長が振り返る。何が起きたのかも、どこを打たれたのかも分からない。ただ、兵士が倒れ、彼女は移動している。目の前で見ていた僕ですら銀の閃光が走っただけに見えた。

「やれ！　斬るんだ！」

部隊長が命令すると、他の兵士たちも斬りかかる。今度は彼女が長剣の柄に手をかける動作までは見えた。

だが、

（ああっ……）

光が走った。いくつもの細い雷が、その場で同時多発して弾け、それらは目を焼いたあとに霧消する。気づいたときには、その場に立っている人間は僕と、彼女と——

「馬鹿な……」

ありきたりの感想を吐いたのは、部隊長の男。

「騎士の本分を忘れ、民を虐げ、ただ無闇に己の力ばかり誇示する。貴様に王国騎士を名乗る資格はない」

凛とした声で相手を非難しつつ、眼帯の少女はゆっくりと近づく。最後は部隊長が「このクソアー——」と何か汚い言葉で叫んだが、言い終わる前に男は地面に口づけをするはめになった。

十三人の兵士が沈黙した地面は、戦場のようなありさまだったが、血を流した者は一人もいない。卓越した剣術は魔術に等しい。それは分かっていたはずだが、改めて驚きを禁じ得ない。湖畔で見た森賊のときと同じ、剣閃すら見えないほどの早業にもかかわらず、全員を殺さずに倒している。彼女の剣は細身の両刃なので、峰打ちではないし……刃ではなく、刀身の平面部分で打ったのだろうか？　何より『眼帯』をしたままとなると、神業というほかない。

——やっぱり……何か、未知の魔術？

そんな疑問を抱いていると、彼女が振り向き、路地にいる僕と目が合う。相変わらず眼帯をしたままだが、その顔はいつもより哀しげで、怒りに任せて戦ったのではなく、ただ空しさを感じているようにも見えた。

「今の……魔術？」

僕は路地から恐る恐る、足を踏み出す。出口を塞ぐように倒れていた兵士をまたぎ越えると、ふと、地面が焦げたような、あるいは巨大な鉤爪(かぎづめ)で引(ひ)っ掻(か)いたような跡があるのが見えた。なんだろう、これ……さっきの稲妻みたいな光のせい？

「すぐに国を出ろ」

「え？」

眼帯の少女は、僕に背を向けて言う。

「そして二度と戻ってくるな。……『謝肉祭(カルネム)』の生贄(いけにえ)になりたくないなら」

「ねえ、君はいったい何者なの？　それに、その『謝肉祭(カルネム)』って何？　それに君のその眼帯、見えてるの？」

「質問は一つにしろ」

「一つなら答えてくれる？」

「……っ」少女は呆(あき)れたように顔をしかめ、それから質問には答えずに歩き始める。もちろん僕も追いかける。

「ついてくるな」

「じゃあさっきの『技』の秘密を教えて」

「魔術師（メルルーシ）、おまえは何か勘違いをしている」彼女は背を向けたまま、淡々と告げる。「先ほど巡回兵の赤い狼煙（のろし）が上がった。来るぞ」

「兵士たちが？」

「兵士などいくら来ようが物の数ではない。この国で真に恐れるべきは――」

彼女は低い声で告げた。

「たった二人」

そのときだ。彼女は口をつぐみ、「遅かった」とつぶやいた。「え、なに？」と訊（き）き返（かえ）したとき、地面に振動を感じ、それから、

馬のいななきが響いた。

びくっと身をすくめたとき、一頭の馬が頭上を飛び越えた。「うわっ」と僕が身を伏せると、馬は前方に着地する。

（なんなの!?）しゃがんだまま顔を上げると、そこには雪のように真っ白な白馬。その顔や脚部は分厚い装甲で覆われ、王家の紋章が刻まれている。反魔素材（グリゼルダ）の甲冑（かっちゅう）であるのは虹色とも飴（あめ）色（いろ）ともつかぬ合金特有の色合いで分かる。

白馬の上には、一人の騎士がまたがっていた。

「――まだこの国にいたんですね、先輩」

そう言うと、騎士は兜を脱いだ。

（え……？）

兜を脱いだ瞬間、炎のような赤い髪の毛が肩口にこぼれる。現れたのは想像以上に若い女性で、おそらくは十代なかばと思しき少女が、前髪の奥から鋭い眼光でこちらを睨んでいる。

眼帯の少女は複雑そうにつぶやいた。

「イザベラ……」

5

「馴れ馴れしくその名を口にしないでください」

イザベラと呼ばれた少女騎士は、敵意を剝き出しにした眼差しを向ける。

その視線を見ているのか、いないのか、

「イザベラ」

眼帯の少女はその名を繰り返す。

「元気そうだな」

「……ッ！」

相手の表情がますます険しくなる。眼帯の少女の口ぶりが癇に障ったのか、一度唇を噛むような仕草をして、

「先輩は――」

ひらりと、馬を降りた。

「いつだって、そうだ」

着地をしたあとは、軽く馬を脇に押しやり、そして兜を放り棄てる。

「人を食ったような物言いで、周囲を無責任に翻弄し、そして……」

彼女は剣の柄に手を掛ける。

「…………」

対する眼帯の少女は、無言のまま、柄に手を掛けようともせず、その代わりにゆっくりと歩道の中央に歩み出る。

「ここでおまえと戦うつもりはない」

「先輩に拒否権はありません」

そこでイザベラは――

剣を抜いた。

(わっ……)

まるで躍るような動作だった。柄に手を掛けた瞬間に、その細身の剣はすらりと抜き放たれ、眼帯の少女に向かってまっすぐ突き付けられる。流麗にして優美、少女の整った顔立ちと相まって、戦女神のような勇姿。刀身に浮き出る赤い紋様によって、燃えるような深紅の軌跡が宙を滑る。

「あの日の誓い、忘れたとは言わせません」

「もちろん忘れてはいない。だが、それはすでに無意味だ」

「無意味……ですって?」

相手の瞳に怒りの色が灯(とも)る。

「先輩には、無意味でも……、私は、この日のために、生きて、きた……」

ふいに、風が吹き抜ける。赤髪が炎のようにゆらめき、あたりの空気が変わる。イザベラの怒りがひりひりと伝わってくる。

「…………」

戦いを不可避と見たのか、眼帯の少女も腰を落とし、柄に手を掛ける。

（え、え……何、始まっちゃうの⁉）

僕は路地に隠れたまま、二人の少女騎士の戦いにおののく。このイザベラという少女が何者かは知らないが、とにかく両者にはただならぬ因縁がありそうだった。

「我こそはリーベルヴァイン王国騎士団副団長、イザベラ・バルテリンク。あの日の誓い、果たしていただく」

「我こそはジークフリーデ・クリューガー。今は所属を持たぬ。あの日の誓い、騎士の誇りに懸けて承知した」

胸に手を当てて、騎士同士の口上らしきものを済ませると、いよいよ戦いが始まる。一騎打ち――いや騎馬から降りてるから厳密には違うか――とにかく一対一の真剣勝負となる。事情が分からない僕は、路地裏の陰でなりゆきを見守るしかない。

イザベラが腰を落とし、剣を突き刺すように構え、足を少しずつ動かしてにじり寄る。それに対し、眼帯の少女はなかば棒立ちに近い格好で、柄にそっと指先だけを添える。動と静、対照的な二人の構えは、やがてお互いの間合いに入り――

激突する。

少女の赤髪が、かすかに前傾し、呼応するように銀髪が揺れる。深紅の閃光と、白銀の閃光

が一瞬のうちに交差して、

(――!?)

火花が散った。

衝撃波のようなものが空中を走り、僕は思わず目を閉じる。それから恐る恐る瞼を開くと、二人の立ち位置は変わっていて、手前には剣を振るった姿のイザベラ、奥には眼帯の少女がいた。

「あ……っ!」

眼帯の少女の髪の毛が、一房、斬り落とされる。銀色の糸がほどけるように、髪は空中に舞い、地に落ちる。

「私が本気なら、その首が落ちてましたよ、先輩」

「…………」

眼帯の少女はゆっくりと振り返り、

「腕を上げたな、イザベラ」

そうつぶやくと、パァンッと炸裂音がして、イザベラの肩当てが粉々になって弾けた。

「……ッ!」

赤髪の少女の顔色が変わる。

(ご、互角……?)

早すぎて見えなかったが、互いに一矢報い、ただし血は流れず。

卓越した剣術は、魔術に等しい――そこまで凄い剣士は、世界中を回ってもほんの数例だった。それがこのリーベルヴァインに来てから立て続けに二人。いったいこの国はどうなっているのか。しかも片方は目が見えないのだ。

イザベラが剣を構え直す。

「――なぜ」

それは奇しくも、僕と同じ疑問。

「光を失いながら、それほどまでの剣腕が？」

「…………」

答えはなく、少女はただ眼帯越しに相手を見据える。

赤髪の少女は一度視線を落とし、

「それほどの腕がありながら、なぜ――」

その唇が、また強く噛み締められる。

「王国を裏切ったのですか」

「私は私の道で、この国に忠誠を尽くしている」

「御託はいりません。――『団長』が来る前に決着をつけます」

再び、道の中央で二人は対峙する。

（あれ、そういえば……）

団長、という彼女の言葉をきっかけに、僕はあることを思い出す。

――兵士などいくら来ようが物の数ではない。この国で真に恐れるべきは――

先ほど眼帯の少女は、確かにこう言っていた気がする。

たった二人、と。

一人はここにいる赤髪の騎士、名は確かイザベラ・バルテリンク。だとすると、もう一人、脅威となるべき兵（つわもの）がいるということなのか？　彼女が口にした『団長』という言葉が、ここにはいないもう一人の人物の存在を想起させる。

二人が再び、剣を構える。

「いざ――」

赤髪の少女が、剣を相手に突き刺すような構えを取る。突き技を繰り出す体勢に見えるが、剣術の素人（しろうと）の僕には分からず、対する銀髪の少女はまたも棒立ちに近い構えで、初太刀に次ぐ二の太刀が始まる――

「――!?」

それは地響きだった。

ズシン、と大地が揺れ、僕は腹の底に響くような圧迫を感じる。まるで大地から見えない波動がほとばしった錯覚。

（え、え……!?）

振り返ると、道の向こうから、ゆっくりと何かが近づいていた。往来のど真ん中を悠然と闊歩する重武装の黒毛の馬に乗り、黒い甲冑の騎士がこちらにゆっくりと近づいてくる。

（な、な……）

圧倒的迫力だった。

遠くにいるのに、その存在感は、大地を揺らし、大気を震わせ、その巨軀から立ち昇る湯気とも蜃気楼ともつかぬ何か——闘気？　殺気？　いや魔力？　分からない——が目に焼き付く。

「ひっ……」

悲鳴が漏れ、僕は口元を押さえる。

なんだ、この感覚。

まるで森の中で、自分の何倍も丈のある猛獣と鉢合わせしたような本能的恐怖。

やがて、漆黒の騎士は馬を止めると、

「何をしている」

重々しい口調でそう告げた。

「ファーレンベルガー団長……」

赤髪の少女が、畏怖するように、その名を口にした。

6

圧巻だった。

重武装の黒馬から、男は静かにこちらを見下ろす。圧倒的な存在感が空気まで重くしたような気さえする。

黒い兜を脱ぐと、そこから獅子のごとく勇壮な銀髪が流れ、それはがっしりとした肩の上を撫でる。顔には歴戦の勲章ともいうべき無数の傷跡。何より――

この老騎士には、右腕がない。

(ファ……ファーレンベルガーって……)

リーベルヴァインの騎士で、名前がファーレンベルガー。そして隻腕。

間違いない。僕はこの人を知っている。

エルネスト・ファーレンベルガー。

騎士ならば誰もが知るその名前。いや、騎士でも傭兵でも魔術師でも、戦場にいくらかでも身を置いた者ならその勇名を知らぬ者はいない。三十倍の兵力差を跳ね返して要塞を守り抜いた『ヴァルプスブルグの奇跡』、蛮族の侵攻から小都市の砦をたった一人で守り切った『ファシリテートの勇戦』、当時世界最強の軍事大国の七大将軍を一騎打ちですべて討ち取った『ヴェストテーリアの武勲』――数え上げればキリがない。すでに二十年も前からその戦いは伝説となり、騎士の中の騎士、最強の代名詞、生ける神話。

（あの噂、本当だったんだ……）

部下の助命嘆願を果たすために、自らの『利き腕』を王家に差し出したという噂が、この何年か近隣の諸国で流れていた。右腕の肘のあたりから無くなっているところを見ると、それはどうやら本当らしかった。

「バルテリンク、ここで何をしている」

「いえ、そのこれは……」

先ほどまで闘争心の塊のようだった少女騎士が、今は急に言い訳を始める。

「狼煙を見て、急行したら、この反逆者がいたものですから……」

「なぜ我を待たぬ」

「はい、申し訳ございませぬ……」

強い口調でたしなめられると、イザベラが素直に謝罪をする。あれほど血気盛んだった少女が服従している。

だが、分かる。この迫力、そして圧力。そばにいるだけで気圧される。

そして老騎士は眼帯の少女と向き合い、

「久しいな。あのとき以来か」

「先生……」少女の声はどこか哀しげだった。

「我とおまえはもう師弟ではない」

短いやりとりの間に、多くの情報が含まれる。傍で見ている僕には理解が追い付かない。

「この国から去れと言ったはずだ」

「王国を守るのは騎士の使命です」

二人は淡々と言葉を交わす。お互いの銀髪が風になびく様子は、どこか二人が身内のような——もっと言えば年の離れた親子のような雰囲気さえ醸し出していた。

(この二人、どういう関係なの……?)

王国最強の老騎士と、若き盲目の女騎士。二人が知己であることは今のやりとりから疑いようがないが、ならば同じ王国騎士の彼女がなぜ追われているのか?

「先生とは戦いたくありません」

「腑抜けたことを言うな」

そして老騎士は、威厳に満ちた重々しい足どりで、馬から地面に降りた。マントが翻り、それは荒鷲のごとく大気をはらむ。着地と同時に大地がまた揺れるが、それは彼の体重によるというよりも、この老騎士の存在感そのものが大地に与えた衝撃のように思えた。

眼帯の騎士と、伝説の老騎士が向かい合う。

「団長、ここは私が」そこで赤髪の少女が前に出ようとする。

「下がっていろ。これは団長である我の役目」

そう言うと、隻腕の老騎士は腰の剣を抜いた。イザベラは複雑そうな表情を浮かべたが、フアーレンベルガーの馬を引き、道脇へと自ら退く。

(戦うって、言うの？　今度は——)

生ける伝説と。

先の戦いも、二人の戦女神が火花を散らすような凄まじい決闘だった。だが、そのイザベラがこうまで大人しく従うとは……眼前に立つ伝説の老騎士が、戦う前からすでに別格であることを窺わせる。

「聞いて下さい、先生。私は——」

「言葉はいらぬ」

眼帯の騎士の言葉を遮り、老騎士は剣を構える。それは、彼女の剣を凌駕する肉厚な刀身。黒光りする刃が獲物を狙うようにまっすぐ彼女に向けられる。構えはどこか、先ほどのイザベラと似ていた。いや、もしかするとイザベラが彼の剣を真似たのか。

「騎士ならば――」

威厳に満ちたその声で、世界最強の騎士は戦いの始まりを告げた。

「剣で語れ」

次の瞬間。開戦の狼煙のごとく、大地を蹴った砂埃が舞い上がると同時に、ファーレンベルガーが突撃した。

――速い！

巨大な武器を持っているとは思えぬ動きで、老騎士の刃が少女に襲い掛かる。

「……ッ！」

少女が避ける。盲目にはありえぬ反射速度。白銀の髪が隊旗のごとく翻り、最初の一撃を回避する。勢い余ったファーレンベルガーの一撃は、僕の隣にある土壁に直撃し、轟音が響いた。

「うわわっ！」僕は頭を抱えてその場にしゃがみ込む。土埃が舞う中で、薄目を開けると、先ほどの一撃で壁が粉砕され、丸ごと瓦礫となっていった。

（うそ、なんて威力なの……⁉）

この伝説の騎士に、武装した馬を装甲ごと一刀両断した逸話があったことを思い出す。その戦いは間違いなく『剛』。質実剛健にして、重厚長大。それはまさにこの老騎士の生き方そのものを表している。王国の危機を幾度も救い、国力が疲弊したときにもなお大国の侵攻に怯まなかった忠義の士。王国の屋台骨と呼ばれるのがよく分かる。

（あ……）

今度は魔量計(メータリング)に反応がある。今のは剣術のように見えた魔術？　いやでも、詠唱も魔法陣もなしであれほどの威力が出るとは思えない。この国の騎士は本当にどうなっているのか。

「先生、私は」

「剣で語れと言ったはずだ」

また、ファーレンベルガーが突撃する。今度は脳天から真っ二つにせんと振り下ろされる一撃。先ほどと同じように少女は超人的な反射神経で回避するが、次の光景も目を疑うものだった。壁を粉砕した威力にも呆(あき)れたが、今度はさらなる驚愕(きょうがく)が待っていた。

ファーレンベルガーの大剣が、地面に刺さった瞬間に、ドンと爆発音が鳴り響き、地面に衝撃波が走った。回避したはずの剣閃(けんせん)が、花開く薔薇(ばら)のように放射状に広がり、少女を襲う。

「グゥッ……！」

眼帯の少女は長剣を盾のように振りかざし、衝撃波を切り裂く。裂かれた風圧は少女の両脇を通り抜け、その髪をハラハラと散らす。勢い余った衝撃波が、近くにあった民家の柱にガツンと当たって、それはミシミシと横倒しになる。「うわあっ！」住人たちが慌てて屋内から出て来て、異変に気づいた周辺の住人たちも後に続いていく。

誰もが我先にと逃げ出すと、残ったのは僕たち三人だけになる。

(なっ、あぁぁ……っ)

僕はしゃがみ込んで路地に身を伏せながら、眼前の修羅場に圧倒される。なんだこれは。人間業か？　神話の世界か？　魔術も使わずどうやって？

「ぬっ……」

老いてなお最強を誇る騎士は、自らの巨剣を見る。そこにはいつの間にか、側面に十字の切り傷のような線が走っている。

(うそっ、いつの間に……⁉)

あの一瞬の攻防で、避けるだけでなく、相手の刀身に刃を当てていた？

「先生が全盛期なら、一撃目で死んでいました」

銀髪の少女は、眼帯についた砂埃(すなぼこり)を軽く払って告げる。

「そして二撃目。先生は明らかに手を抜いた」

「………」

ファーレンベルガーは答えない。ただ剣を構え直す。

(はあっ……？)

手を抜いた？　あれが？　壁を粉砕して、大地を破壊して、衝撃で柱を倒した一撃が、手抜きだって⁉

隻腕の人間が——利(き)き腕(うで)を失った老骨の男が、こんなことができるのか？

光を失った少女が——世界最強の騎士と互角に戦えるものなのか？

二人ともバケモノじみている。

「舐められたものだな」

ファーレンベルガーは剣を後ろにゆっくりと引く。大技の構え。

「小手先では、やはり駄目か」先ほどの二撃が小手先だとしたら、いったい次は何が来るのか。

「先生を殺したくありません」

「挑発がうまくなったな、ジーク。見ないうちに自惚れたか」

「いえ、逆です」

眼帯の少女はなおも戦いの構えを見せない。

「先生に勝つには、相撃ちしかない。だが私はまだ死ねない。陛下を残しては死ねないのです」

（陛下……？）

一瞬、リーベルヴァイン王の顔が浮かぶ。残虐な処刑と、あの無慈悲な高笑い。しかし、それが「陛下を残しては」という今の台詞と結びつかない。

「王国の牙と呼ばれた者が——」老騎士の隻腕が、にわかに緊張を帯び、そこだけ大気が歪んだように刀身が曲線となる。「王国に牙を向けるか」

「……ッ！」

そこで少女が叫んだ。

「――逃げろっ!!」

（えっ……!?）

僕は驚く。なぜなら少女が、僕を見ていたから。いや、眼帯をしている少女と目が合ったというのはおかしいのだが、確かに今――

「逃げろ魔術師(メルルーシ)！」

（え、な、何――）

（――ッ!?）

疑問を差し挟む余地もなく、ファーレンベルガーの大剣から、『それ』は放たれた。

老騎士の大剣に這(は)う光が、陽炎(かげろう)のごとく揺らめいたあと、その刀身は下から上へと振り上げられた。その刀身が放った風圧は、

大地を割った。

「うわあああああああっ……!?」

巨大な亀裂。そこに、地滑りのように地面が傾き、足場を失った僕は引きずり込まれていく。

（イ・ルブラ――）

とっさに何かを唱えようと思うが、事態が予想外すぎて間に合わない。衝撃波を防ぐ防御魔術ならば準備していた。でも大地が割れるなんて誰が想像する⁉

そのとき。

ぐん、と僕の体が、持ち上がった。

――⁉

誰かの腕が、僕を抱きかかえ、そしてまだ無事な路面に着地する。

（あ……）

眼帯の少女が、僕を抱いたまま言う。

「逃げろと言ったはずだ、魔術師（メルルーシ）」

た、助けてくれた……？

意外だった。他人の僕をこんなふうに助けてくれるなんて。さっきまで僕がいた場所は災害の後のように瓦礫（がれき）で埋もれている。危うく生き埋めになるところだった。

「ぐっ……」

少女が膝をつく。その体から、ボタボタと鮮血が落ちる。

「決闘中に背中を見せるとは――」向こうから、老騎士が悠然と近づいてくる。「それほど、その娘が大事だったのか？」

（あっ……！）

すぐに事態を理解する。

（――ッ！　僕のせいだ……！）

あの激闘の最中、この少女は僕を助けてくれた――だから怪我を負った。僕を抱きかかえたときに隙が生まれ、そこをファーレンベルガーに斬られたのだ。

「くっ……」

少女がその場に崩れ落ちる。血だまりが足元に広がる。「待って、今――」治癒魔術を使おうとしたとき、ハッとして顔を上げる。

そこには、巨大な剣を携えた世界最強の騎士。

「どけ」

「あ、あぁ……」

恐怖で身がすくむ。その獅子のごとき眼光。殺気なのか、闘気というべきか、その圧倒的存在感に、体が芯から震える。

「どけ、さもなくば斬る」

う、う……。怖い、恐ろしい、死にたくない。逃げ出したい。

（駄目だ、駄目だ駄目だ！）

このままだと、彼女が死ぬ。僕のせいで。そんなのは駄目だ。駄目だ。

――オットー……おまえは、私の、自慢の――

なぜかそのとき、亡(な)きお師匠様の顔が浮かび、そして、

体が動いた。


気づけば、僕は伝説の騎士の前に立ち、両手を広げていた。彼の行き先を塞ぐように。

「……なんのつもりだ」

「させない」

自殺行為だというのは分かっている。世界最強の騎士相手に、僕なんかがどうしようもないことも。普段なら命からがら逃げ出すところだけど、今は違う。

この人がいる。僕のせいで傷を負ったこの少女を、見捨てて逃げることなどできない。ですよね、お師匠様。

だからこれは賭け。

「どけ、さもなくば――」

今だ！

「――光芒(レイア)！」

詠唱なしで魔術を繰り出す。光の束が手のひらから放たれ、それはファーレンベルガーに直撃する。

しかし。

「無駄だ」

光が収まると、そこには傷一つ付いていない騎士の姿。

反魔素材(グリゼルダ)の鎧(よろい)は、あらゆる魔術を弾く。それは知っていた。だが、これだけの至近距離、そして相手は兜(かぶと)をしていない。一瞬の目くらましのつもりだったのに、まったく効果がないことに愕然(がくぜん)とする。

(魔術がすたれるはずだ……)追い詰められたときの悪い癖で、ぼんやりと皮肉めいたことを考える。ああ、死ぬ、僕は、ここで、ごめんなさい、お師匠様、あなたとの約束、果たせそうにありません。

「そのような児戯——」

ファーレンベルガーが、さらにもう一歩を踏み出した瞬間。

(……え?)

口笛が響いた。

それはピーッという甲高い口笛だった。すると予想外のことが起きた。馬のいななきが聞こえたかと思うと、僕の前に、一頭の黒馬――先ほどファーレンベルガーが乗っていた馬が現れた。

「ぬっ……」

老騎士が大剣を止め、いったん下がる。愛馬を斬ることはできぬと思ったのだろう。

そして。

「きゃっ……！」いきなりだった。僕の体は急に持ち上がり、それから、

「ハッ！」僕の体をまるで荷物のように担（かつ）いだ眼帯の少女は、黒毛の馬の手綱を取ると、そのまま一気に走らせた。ファーレンベルガーが追撃しようと剣を構えるが、やはり愛馬に当たると思ったのか、その剣はまたも下ろされる。イザベラが「待て……っ！」と叫んだが、それは時すでに遅く、その姿はあっという間に小さくなる。

馬は疾風のごとく街を抜ける。僕と彼女を乗せて。

顔の前を揺れる銀髪と、遠ざかる老騎士の姿をぼんやりと見つめながら、僕は振り落とされまいと、少女の体に必死に抱き着いていた。

7

どれだけ走っただろうか。

城下町から相当に離れた郊外で、少女は馬を止めた。彼女にしがみついていた僕は、やっと手を離し、顔を上げる。上半身が血でべったりと染まっているのは、少女の流した血のためだ。

「ねえ、君、血――」

言い終わる前に、眼帯の少女はぐらりと揺れ、馬上から地面に落下した。落ちる瞬間に咄嗟(とっさ)に受け身を取ったように見えたのはさすがだったが、その後はぴくりとも動かなくなる。

「ちょ、ちょっと!」

慌てて駆け寄るが、少女の四肢はだらんと脱力したまま、地面に伸びる。完全に気を失っており、ただ血だまりがじわじわと土を汚す。

(くっ……!)

魔量計(メータリング)を確認する。魔力は十分ある。ならばできるはずだ。

「イ・ルブラ・アントゥル・レーン――」

素早く詠唱を済ませ、

「包体(クルム)!」「上動(ウプシス)!」「念動(キネシス)!」と三連続で魔術を発動する。最初の『包体(クルム)』で少女の体を光の膜が包み（これは魔力による一時的な止血効果がある）、それから『上動(ウプシス)』と『念動(キネシス)』で少女の体を移動させる。

（どこか……えっと、そこでいいや！）

　戦災か竜巻かは分からないが、屋根と壁が崩れかけた建物があり、明らかに放棄された民家——というより馬小屋か物置小屋だろうか——そこに少女を移動させる。『包体(クルム)』で体を覆っているにもかかわらず、流れる血液までは完全に止められず血痕が点々と続く。

「下動(ダンシス)……」

　馬小屋の名残か、乾いた藁束(わらたば)の上に少女を横たえる。

「ごめん、女同士だからいいよね！」

　僕は少女の鎧(よろい)を外し、それから服を脱がす。とにかくまずは止血、そして消毒、縫合、輸血。えーと、血の生成魔術はどうやるんだっけ？　ああ駄目駄目、落ち着け、順番順番！

　とにかく全身の出血がひどい。背中の傷が一番大きな部位で（僕のせいだ……）、それ以外にも無数の刀傷。深いものと浅いものがごっちゃで、古傷も含めると数えきれない。

「上動(ウプシス)……」まずは少女の体をゆっくりと持ち上げる。それから残った靴も下着もすべて脱がせる。ここまで重傷の患者を診るのはいつ以来か——

　——オットー。よく、聞くんだ……。

　ふいに、昔の記憶が蘇(よみがえ)る。お師匠様が亡(な)くなったときのこと。お師匠様は重い病気で、僕の治癒魔術ではどうにもできなくて——そして死んだ。あのときほど、自分が半人前であることが恨めしいと思ったことはない。

（今度は失わない）

この人とは昨日会ったばかり。リーベルヴァインの騎士で、ファーレンベルガーと旧知ということくらいしか分からない。おそらくは王国から追われている『お尋ね者』だ。

でも、そんなことは関係ない。この人は僕の命の恩人。ならば命を懸けても救うべきなのだ。

お師匠様ならきっとそうするし、ここで彼女を見捨てたら、僕はきっとあの世で破門だ。

おまえは攻撃魔術はからっきしだが、治癒魔術だけは天才だな——そんな言葉を思い出しつつ、全身の魔力を手のひらに集める。

（寿命が何年減るかなぁ……）

追い詰められたときの悪い癖、そんな打算的なことを思ったりする。

「大魔術師キュリオス・ル・ムーンの一番弟子オットー・ハウプトマンの名において命ずる（イ・ルブラ・アントゥル・レーン、アン・キュリオス・ル・ムーン・メル・ハイル・プーピル、ル・セスタ・ナーメン・ウ・オットー・ハウプトマン）——」

（師匠、力を貸して！）

祈るように発動する。

「いでよ大魔術典（ラ・メルディア）！」叫んだ瞬間に、僕の前に光り輝く『本』が現れ、それは自動的にページが開かれる。

「血と肉の章・三十六節・第七魔術――縫合(リブラ)！」

その日、僕は一晩中、彼女の治療に当たった。

【memories】──イザベラ・バルテリンク

父も祖父も騎士団で、小さいころから当たり前のように剣術を学び、馬術を嗜んだ。バルテリンク一門は、騎士団の中でも由緒正しい家柄で、かつては騎士団長も出した名門だった。五歳のときから剣術道場に入門し、一心不乱に稽古に打ち込んだ。三年もすると、イザベラは将来、この国の騎士団を背負って立つだろう、と祖父に褒められるほど上達し、ひどく嬉しかったのを覚えている。

確か、十歳の誕生日を過ぎたころだったと思う。初めて他流試合を許された私は、意気揚々と大人たちに混じって同行した。クリューガー剣術道場と言えば、王室御用達として知られ、生ける伝説と謳われたエルネスト・ファーレンベルガーが指南役を務めていることでも有名だった。

そして私は、初めて訪れたクリューガー道場で、

先輩に出会った。

初めて会ったときのことは、今でもよく覚えている。他流試合の際、歳が近い女同士という

主人公=最弱の悪の“怪人”VS.敵=最強の“戦隊ヒーロー”!

悪の軍団
"怪人"
VS.
正義のヒーロー
"竜神戦隊ドラゴンキーパー"
＝怪人の完敗！
998戦0勝998敗
最強の大戦隊に屈服・隷従させられている怪人達……
もう八百長はおしまいだ！
本気バトルでお前らを倒す！
戦闘員D
人間の姿に擬態して大戦隊に単身潜入する。
錫切夢子
謎の大戦隊員。戦闘員Dに協力を申し出る。
擬態
そんな中、一人の怪人が反撃を目指し大戦隊に潜入!!
首を切られて
やられてたまるか！
切られて
切られまくっても…
生意気
それでも戦い、抗え！
己が尊厳を守るために!!
早くも話題沸騰中！
2021年大注目最新コミックスはコレだ!!!
週刊少年マガジンで超大人気連載中!
第1話は無料公開中!!
戦隊大失格 マガポケ
検索

ことで、私と先輩が立ち合うことになった。

（チャンスだ……！）

このころの私は自信と慢心の塊で、道場では同世代の男子には一度も負けなかったし、時には現役の騎士からも一本を取った。だから自分が道場生相手に負けることなどないと信じていたし、ましてや同年代の女子など眼中になかった。どうせ、どこぞの騎士の娘が、護身術程度に習っているのだろう——現に王室御用達のクリューガー道場にはそういう子弟がたくさん通っていた——と高をくくっていた。ここで圧勝し、己の腕を見せつければ、あのファーレンベルガーの目にも留まり、もしかしたら王国騎士団に抜擢されるかも、などと大それた野心を抱いていた。

しかし、その野心は呆気なく打ち砕かれた。

稽古用の木刀を構え、試合開始の合図が出る。

（一撃で決めてやる——）私が勇んで突撃した、次の瞬間。

「……ッ⁉」

一撃だった。

手首に強烈な痛みが走ったかと思うと、私は木刀を取り落とし、

「ひっ……」

喉元には、先輩の木刀の切っ先が、鋭く突き付けられていた。

何が起きたのか分からない。相手の手元がゆらりと動いたのは分かったが、そこから先の動きはまるで見えなかった。

手首を押さえ、膝をついた私は、

「……参った」

無様に敗北した。

納得がいかなかった私は、それが恥の上塗りになるとも知らずに、「もう一番！」と先輩に勝負を挑んだ。

が、結果は同じ。

私の攻撃はただの一度も届かず、ただ私は道場の床に這いつくばるばかりだった。「さすがファーレンベルガー様の秘蔵っ子だな」という誰かの声が聞こえた。

私が悔しげに睨むと、先輩は、涼しそうな顔で、すっと一瞥したあと、去っていった。まるで私など眼中にないと言わんばかりに。

その夜、私は毛布の中で、涙が枯れるくらいまで泣いた。声を上げて泣いた。人生でこんなに悔しかったのは、後にも先にもない。

それが始まり。

この日から、私には確固たる目標ができた。
ジークフリーデ・クリューガーを倒す。
先輩に勝つことが、私の人生の目標となった。

第二章　隠れ家

1

（——！）

目を覚ます。

どれだけ寝ていたのだろうか。瞼が張り付いたように重く、目を擦ろうとしても手足も何もかも重い。魔力を消耗しすぎた反動だ。しばらく無理はできないだろう。そうだ、彼女は——

部屋を見回す。誰もいない。というか、

（あ、あれ？）

確か昨日は、馬小屋のような廃墟にいたはずだ。それが今、天井も壁もきちんとある建物の中にいる。体には厚手の毛布が掛かっており、しかも——

「ひゃあっ⁉」

自分の体を見て驚く。一糸まとわぬ姿。

（え、え、なんで？　どうして全裸？）

思わず毛布を被り直す。どういうことだろう。まさか彼女が回復して、身ぐるみを剝いでいった？ いやまさかそんなこと。

でも、それなら彼女はどこに行ったのだろう？

想像は悪い方向に膨らむ。もしかすると、昨日治癒を終えた後に何か事件があったのか。たとえば賊のたぐいが現れて、僕を連れ去り、身ぐるみを剝いで、それから彼女のほうもかどわかされて……うわあ、ひどい、最悪の事態だ。どうしてこうなった！

そんなふうに真っ裸で、毛布にくるまり悶絶していると、

「おじいちゃーん、せんたくもの、もうかわいたよー？」

声が聞こえた。とても幼い感じの女の子の声。

「じゃあ、おねえちゃんのようす、みてくるねー」それから声は、少しずつ近づき、

扉が開かれる。

「あっ」

目が合う。入ってきたのはまだ十歳に満たない女の子。ふわふわした桃色の髪に、大きな琥珀色の瞳。その手には衣服を抱えている。

「おねえちゃん、おきた⁉」

古布を継ぎ足したような、大きな浅黄色のワンピースを着た、お人形さんのような女の子だった。くりっとした大きな瞳で、僕をじっと見つめたあと、

「おじいちゃん、おじいーちゃーん！　おねえちゃん、おっきしたよー」

「あ、ちょ、まっ」

　僕は全裸であることを思い出し、「服！　服！」と連呼する。

「そうだったー」

　桃色の髪の幼女はニヒヒと笑って、えくぼを作って衣服を僕に渡す。まだ血液の痕はうっすら残っているものの、きちんと洗ってくれたのか、さらりと乾いてお日様の匂いがする。

「じょうちゃん、起きたんかー」

　慌てて服を着ていると、腰の曲がった老人が部屋に入ってくる。待って、まだ下着しか穿いてない。

「おう、気分はどうだ？　そうだ、ほい眼鏡」

「あ、ど、どうも……」上着のボタンを閉めながら、下半身を毛布で隠しつつ眼鏡を受け取る。うら若き乙女のあられもない姿を見ても、老人はまるで意に介さず、「めっし食うかい？」とあまり聞いたことのない訛りで問いかける。気づけば部屋の外から食欲をそそる香りが漂っている。グウとお腹が鳴ると、僕は恥ずかしくなって視線を伏せる。

「ひゃひゃひゃ、待っちょれ、いま持ってくるやき。リリー、手伝っとくれ」

「あーい」

　先ほどの女の子が可愛い敬礼をして、パタパタと部屋を出ていく。老人が出ていくと、僕は慌てて残りの着替えを終える。あー、どうせならもっと大人っぽい下着を穿いておくんだった。

食事は温かなモーニュル（大陸西部の伝統的なスープ。羊肉と根菜が入ることが多い）だった。いくらか効いた塩気と、温かなスープが胃の腑に染みわたり、僕は生き返った気分になる。

鞄の中のプブレットをスープに浸して食べると、女の子が興味深そうに僕を見ていたので、一個上げると真似して食べ始める。

「おいちぃ」

リスみたいに頰袋を膨らませて女の子――確か名前はリリーが言う。この子可愛いなあ、と思いながら僕もスープを飲み干す。

「えっと、リリーちゃん、だっけ？」

「リリーピアだよ、でもみんなリリーって呼ぶよ！」

元気な自己紹介が返ってくる。

「そうなんだ。さっきのはおじいちゃん？」

「うん！　おじいちゃんはおじいちゃん！」

うむ、そのとおりであるな。

質問を変える。

「お父さんとお母さんは？」

「いない。ちっちゃいころ、しんだっておじいちゃんがゆってた」

ああ、僕の馬鹿馬鹿、無神経。

「洋服、洗ってくれてありがとう」

「ううん、リリーおせんたくだいすき！」

「怪我の手当ても、リリーちゃんが？」

「それはおじいちゃん！」

おう……。乙女として精神的ダメージを受ける。いや、おじいちゃんだいぶご高齢でしたから、まあ僕の裸なんて孫娘みたいなもんだろうけど。いや、ですけどね、まだ嫁入り前の身としましてはね？ その、いろいろね？

「それでね、リリー」

僕はリリーピアに、肝心なことを尋ねる。

「僕と、あともう一人、怪我をしてる人がいなかった？」

「けがしてるひと？」

「ええと、ほら、眼帯をした……」僕が顔の前で、目隠しっぽい仕草をすると、

「あー、フリねえちゃん！」

フリねえちゃん？

新たな単語に戸惑っていると、

「クリューガー様とお知り合いですかな？」

先ほどの老人が、一杯の水を抱えてやってきた。「どうも」と僕は陶器のコップを受け取る。

――反逆者のクリューガーだな？

兵士の言葉を思い出す。反逆者――クリューガー。

「あの人を知っているんですか？」

「騎士団からの古い付き合いでな」

騎士団。またその単語が出てくる。思い出すのは先日目撃した凄まじい決闘。伝説の騎士ファーレンベルガーとの互角の戦い。戦女神のようなイザベラとの決闘もそうだ。

「もっとも、わしは騎士とは名ばかりの老骨で、専ら馬小屋当番ですがね。しっかし、昨日はクリューガー様がパルドルフに乗ってきてびっくりしました」

「パルドルフ？」

「クリューガー様の愛馬です。のちにファーレンベルガー様がお乗りになっているようですが」

話が少しずつ見えてくる。

老人は、その筋張った手で、すり寄ってくる孫娘の頭を撫でながら続けた。

「もう三日前になりますか。そこの通りで真夜中に馬の鳴き声がするもんですから、変だなと出てみたらパルドルフ。いやあ、懐かしい。それもクリューガー様がお乗りになっているんですからびっくり仰天でした」

「それじゃあ、僕は……」

「クリューガー様がここまでお連れになりました。命の恩人なので、看病してほしい、と」

あの子が……。看病していたのは僕のほうなのに、立場が逆になっている。いや、それよりも僕のことをわざわざここまで送り届けてくれたことが不思議だった。しつこくつきまとってくる僕なんて、そのへんに捨て置いても良かったろうに。

「どうして……」

「その答えは、ご本人から聞くのがよろしいかと」

「え？」

そのときだ。家の外で、馬のいななきが響いた。リリーピアが「フリねえちゃんだ！」と飛び跳ねるようにして出ていく。

やがて、

「コ、コラ、しがみつくな」「へへへー、だってフリねえちゃん、ひさしぶりなんだもん～」

と声がして、リリーピアに連れられて一人の女性が入ってくる。

それは眼帯の少女。

「……目が覚めたのか」

少女は低い声で告げる。僕は何も言っていないのに、その眼帯越しにどうして分かるのか。

「さっき、ね」

「そうか」

少女はその場に座る。今は鎧を着ておらず、外で被っていたのか、隠者のような灰色のマントをその場に律義に畳んで置いた。長剣は間近で見ると、より長く、太く見えた。女性の細腕で振り回せるようなサイズには見えない。

「聞いたよ、君がここに運んでくれたんだってね。ありがとう」

「礼を言うのはこちらのほうだ」

その声は低く、だがはっきりと響く。

「訊いても、いいかな？」

「なんだ」

「君って……騎士団の人、なの？」

遠慮がちに尋ねると、少女はややうつむき、それから老人のほうに顔を向けた。

「ジェフ」

「なんでしょう」

「パルドルフ、見てくれるか」

するとジェフと呼ばれた老人は、何かに気づいたように「ああ、へいへい」と腰を上げる。

「リリー、おいで。お馬さんの世話をするよ」

「えー。フリねえちゃんといるー」リリーピアは不服そうに唇をとがらせ、眼帯の少女の膝にしがみついて抗議する。

「ほら、いい子にしておくれ」

「じゃ、じゃあフリねえちゃん、あとであそんでくれる？　おうた、いっしょにうたってくれる？」

「約束しよう」

少女がうなずくと、リリーピアは「やったー、約束だよ！」と笑顔になり、「またね、フリねえちゃん！　あと、あと……」

「オットーだよ。オットー・ハウプトマン」

「じゃあトーねえちゃん！」

トーねえちゃん。生まれて初めてだ、その呼ばれ方。

「ほら、リリー」祖父に促され、リリーは「あーい」と返事をして部屋を出ていく。

二人きりになると、急に静かになった。人払いをしたのは分かっていたが、かといって少女のほうは何を話すわけでもなく、ただじっと僕のほうを窺(うかが)っている。目が見えないのに窺(うかが)っているという表現も妙だが、そうとしか思えない首の向き。

改めて見ると、不思議な少女だった。

先の戦闘では鬼神のごとき強さを見せていたのに、こうして武器を手放し、座っている姿を見るとはっきりと年頃の少女であることを気づかされる。唇はやや渇いているが、ふっくらした薄い桃色で、まっすぐ細い鼻筋から美人であることが伝わってくる。眼帯に打ちかかる白銀の髪は、薄暗がりの室内でも艶があり、整った顔の造作は上流階級の令嬢のようにも見える。両家のお嬢様が賊に囚（とら）われて目隠しをされている、と言っても信じる者は多いだろう。

騎士団らしく、背筋の伸びた姿勢は折り目正しい。何かを話そうと思ったが、彫刻家が戯（たわむ）れに作った美しくも妖しい少女像のような姿にしばし見とれる。

「——食事はしたのか」

少女の鼻が、かすかに動いた。視線は僕が先ほど使った食器のほうに向いている。

「うん、ごちそうになった」

「そうか」

「君は食べたの？」

「問題ない」

食べたとも、食べていないとも言わず、それは曖昧な受け答えだった。だが、やっと会話らしいやりとりができて僕は口が滑らかになる。腹が膨れたのも大きいか。

「背中の傷は大丈夫？」

「先日助けてくれたことには、感謝している」

彼女は急に、深々と頭を下げる。「あ、いえいえ、こちらこそ！」僕もいっしょに頭を下げる。なんだか奇妙なやりとり。

「むしろお礼を言うのは僕のほうだよ。君に助けてもらわなければどうなっていたことか」

「臣民を助けるのは騎士の使命だ」

「僕は臣民じゃないけど」

「ならば婦女子を助けるのは騎士の使命」

義理堅いというのか、頭が硬いというのか。なんとなく、少女の性格のようなものが分かってくる。さっきから背筋を伸ばし、彫像のように微動だにしないのも実に武芸者らしい。

「…………」

彼女は無言で、手のひらを動かす。空気を掻き混ぜるように、その右手は空中を彷徨ったあと、指先が僕の飲んでいたコップに触れると、それを持ち上げて手前に寄せる。そして、また何かを探るように手を動かし、別の皿を探り当てると、その上にコップを重ねた。食器を片づけているのは見れば分かるが、そのぎこちない動作がどうにも不思議だった。

(やっぱり、見えてない……のよね？)

眼帯をした相手には愚問だったが、それでも先日の激しい剣技を思い出すと違和感を拭えない。

(……そうだ)

試しに、床が剝がれたらしい小さな木片を、そっと摘まみ上げ、彼女に向かって投げると、

「——！」一瞬の早業だった。

彼女はまるで見えているかのように、ひゅっと指を動かしてそれを摘まんだ。

「……どういうつもりだ」

「やっぱり見えてるんだ。でもさっきは手探りで片づけてたよね？」

「気配の問題だ」

「気配……」

目の見えぬ者が、代わりに他の感覚——たとえば聴覚を発達させるという話は僕も聞いたことがある。見えない代わりに、耳を澄まし、かすかな物音でも周囲の物事が分かるようになったり、空気の揺れで気配を感じたり。だからといって、彼女のように剣でガンガン打ち合う人間は初めてだが。

やっぱり、『何か』あるわね……。

剣術の達人、視力がないゆえの鋭敏な感覚——それだけでは説明のつかない『何か』が、彼女にはある。出会って数日だが、僕はますます疑念を深める。

「…………」

僕の視線など意に介さぬように、彼女は無言で木片を捨てる。その木片は先ほどのコップにカランと着地する。やはり神業だ。偶然入ったとは思えない。

少し間があり、今度は彼女から質問があった。

「私の怪我(けが)は、どうやって治した？」

わずかに首を動かし、眼帯の少女は自分の背中を確かめるような仕草をする。

「ずいぶんな深手なのに、一晩経ったら治っていた。何かの魔術か？」

「うん、治癒魔術」

僕はうなずき、説明を加える。

「昨日のは……昨日じゃなくてもう三日前なんだっけ？　『包体』と『消毒』と『止血』と『縫合』と……あといくつか」

「専門的なことは分からないが、とにかく助かった。大した腕だな」

「えへへ、治癒魔術だけは得意なの。攻撃系はグリゼルダ鉱石のせいで役立たずでもね」

「そうか」

彼女は口元だけで答える。

グリゼルダ鉱石の発見により、攻撃魔術はほとんどが無効化された。兜や鎧に使われた『反魔素材』が攻撃魔術をほぼすべて相殺してしまうからだ。僕がお師匠様から治癒魔術を中心に仕込まれたのもそういう時代背景があってのことだ。

「とはいえ、まだ応急処置だからね。後でちゃんと傷の治り具合を診させて」

「…………」

その質問には答えがなかった。

「今度は僕が訊いてもいい？」

「…………」

答えはないが、かすかに前髪が揺れる。うなずいたのだろう。

「君と戦っていたの、『あの』ファーレンベルガーだよね？」

「…………」

少女の口は動かない。ただ眼帯だけが僕を見据える。

「あのイザベラって子も騎士団？」

「…………」

「そもそも、なぜ君は王国から追われているの？」

「余計な詮索はするな。おしゃべりは早く死ぬ」

そう返すと、少女はマントと長剣を掴んで立ち上がる。

「それだけ話せればもう大丈夫だろう。さっさとこの国を去るがいい。……私を治癒してくれたことについては、深く感謝する」

「あ、ちょっと！」

彼女はその場で一礼をすると、これで用は済んだとばかりに背を向ける。

一つだけ、どうしても聞いておきたかった。

「ロ、ザ、リ、ン、デ様」

その名前を発した瞬間、

(――ッ!)

いきなり僕の喉元に、刃が突き付けられた。顎先を載せるように白銀の切っ先が、僕の眼前に突如として出現する。

「かっ……」思わず息ができなくなる。今、ほんの少しでも前傾したら、首筋から盛大に血が噴き出すのではないか。

「なぜ『陛下』のお名前を口にした?」

「ちょ、待っ」

僕は震えながらのけぞり、賊に囚われた人質のように震える声でしゃべる。

「あ、あの夜……」刀身には僕の顔が映っている。脅えた顔。「君が、うわ言で、つぶやいていたから……」

それは、彼女を『治癒』した晩のことだ。僕のありったけの治癒魔術で、どうにか命を取り留めた彼女が、意識を失いながらも苦しげに発していた言葉。

――ロザリンデ様、ロザリンデ、さ、ま……。

ロザリンデ――それはリーベルヴァインの『女王』の名前。民衆の面前で親子を処刑し、あまつさえ高笑いをしてみせた残虐非道なこの国の最高権力者。

「二度と陛下の御名を口にするな」

（どうして……）

女王の名前を聞いて、彼女がここまで激しく感情を高ぶらせるとは想像もしなかった。しかも、その怒りはただの怒りではない。はっきりと分かる、それは『主君』を軽々しく扱われた臣下の怒り。

――反逆者のクリューガーだな？

先日の一件を思い出す。

反逆者。それはつまり、もうロザリンデとこの騎士の間には、主従の関係はないということ。

なのに。

「……ちょ、ちょっと、待ってよ」

なんとか恐怖を抑えて、声を絞り出す。切っ先はまだ喉元に突き付けられたままだ。

「僕には『目的』があるんだ」

「目的？」

「これ」

そこで僕は、素早く呪文を唱える。カッと光って手のひらに現れたのは一冊の書物。

大魔術典（ラ・メルディア）。

「使命なんだ」

言いながら、僕は少しのけぞる。刀身がわずかに首筋から遠ざかる。

「僕は、これを完成させるために、世界中を旅してきた。だから何があっても、諦めるわけにはいかない」

「私には関係ない」

「誓いなんだ」

「……なに？」

ぴくりと、彼女の頬が動く。誓いという言葉に反応したのか。

「僕は、亡き(な)お師匠様に誓ったんだ」

大魔術典(ラ・メルディア)がぱらぱらとめくれ、最後の一ページを開く。他のページはびっしり魔術紋(ルーン)で埋まっているのに、そこだけはまっさらな白紙。

「この最後のページには、僕のお師匠様――大魔術師キュリオス・ル・ムーンが追い求めた究極の魔術が収まるはずなんだ。僕はこれを見つけて、大魔術典(ラ・メルディア)を完成させ、遺言を果たす。だから、君の『目』が何らかの魔術によるものなら、僕にそれを教えてほしい。そしたら大人しくこの国を去るから」

「………………」

彼女はじっと、僕を睨(にら)み、

「私に関わるな」

低い声で告げると、ようやく剣を引いて鞘（さや）に納めた。銀色の髪をなびかせて扉から出ていくと、すぐにブルルッと馬の鳴く声がして、「あー、フリねえちゃん、待ってよ～」とリリーの声が聞こえた。

「ハア～」

僕はぺたりとその場に尻もちをつき、大きく息を吐く。死ぬかと思った。

――ロザリンデ様、ロザリンデ、さ、ま……。

あの晩のうわ言は、ただ主君の名を呼ぶ臣下の声音ではなかった。

あれは確かに――

「ロザリンデ様、か……」

宙に浮いたままの大魔術典（ラ・メルディア）は、空白のページを開いて謎の答えを待っている。

謎は、一つだけじゃないかもしれない。

僕は大魔術典を手に取ると、自分の胸に湧いた疑問を収めるように、それをパタンと閉じた。

2

「ジェフさん、薪の追加はどうします?」

「もう大丈夫じゃよ」

「ごはん、ごはんー」

「リリーちゃん、もうちょっと待っててね」

「あーい」

それから三日。成り行きもあって、僕はこの民家にしばらく滞在させてもらっていた。

家主の名前はラムダ・ジェフスキー。元は騎士団の馬の世話係で、今は隠居しながら小さな工房を営み、そこで作った陶器を市場で売って生計を立てている。リリーピアとは血のつながりがないらしく、昔世話になった同僚の娘だという。

(うん、もういいかな)

僕はスープの味を確かめ、それから器によそう。余った野菜と古い麦を入れただけの即席スープだが、朝食としてはなかなか上等な味に仕上がっている。

「はい、席に座っててねー。……じゃあ手を合わせて、神々の糧に今日も感謝を」

「ゆみりすーえりすーあるどらしー。おいちい」

「あはは、リリーは食いしん坊だね」

さっそくスープをすする幼女の口元を、僕は布で丁寧に拭ってやる。出会ってまだ三日だが、明るく元気な妹ができたみたいで可愛くって仕方がない。

「うむ、うまい。オットーさんは良い嫁になるのう」

「いやー、アハハ、居候ですからこれくらいは」

照れ隠しにスープをすする。うん、おいしい。伊達に三年も師匠の元で炊事当番をやっていないし、長旅のおかげでありあわせの食材で作る貧乏料理は得意なほうだ。ちなみに『ハウプトマンさん』は長くて呼びにくいので、僕の呼び名は『オットーさん』にしてもらっている。リリーピアは『トーねえちゃん』という妙ちくりんなあだ名を定着させてしまった感がある。

「おいちー。フリねえちゃんにも食べさせてあげたいなあ」

「そう、だね……」

リリーに答えながら、僕は窓の外に目を向ける。つっかえ棒で開いた戸の隙間からは、眩しい朝陽が室内に明るさと温もりを届け、外ではゆったりと闊歩する馬の足音。蹄の音が響くたびに窓を見てしまうのはこの三日間で何度目か。

「おいちかったー」

「お皿は重ねて、お盆に入れておいてね」

「あーい」

とてとてと、食べ終わったお皿を運ぶ幼女を見送りつつ、僕は自然に窓の外を見る。しかし今度は馬でも馬車でもなく、籠を抱えた住人らしき人影が横切る。

「──クリューガー様を、お待ちですかな？」

「え？」

振り向くと、ジェフがこちらを見ていた。白い眉の下には、穏やかだが深い色の眼光。

「ええ、まあ……」

「あの方はしばらく戻って来んじゃろう」

「でも、国から追われてるんですよね？」声を潜めつつ言う。

「だったら、ここに隠れていたほうがいいんじゃ……傷だってまだちゃんと癒えてないのに」

「そういう方なんじゃよ。わしらに迷惑が掛かると思えば、自らのことは省みぬ」

老人は哀しげに目を伏せる。

「ジークフリーデ……でしたよね。彼女の名前」

「左様」

「よもや王宮の親衛隊長とは、さすがに驚きました……」

ここ数日の滞在生活で、僕はこの老人から彼女の素性を教えてもらっていた。


ジークフリーデ・クリューガー。


その名とともに知らされた『正体』は、驚くべきものだった。

リーベルヴァイン王家直属の『親衛隊長』。それが眼帯の少女の肩書だった。これまで『クリューガー』という名前で気づかなかったのは、それ自体が大陸西部ではよくある名前だったこともあるし（ちなみに亡き父の常連の顧客にもクリューガーが二人いた）、リーベルヴァインの騎士と言えばファーレンベルガーと相場が決まっており、そっちが有名すぎたせいもある。

(王宮の親衛隊長って……。それ、めちゃくちゃエライ人だよね……)

騎士団の詳しい序列までは知らないが、ジェフの話によれば騎士団の中でも若手の有望株が親衛隊に選抜され、親衛隊長ともなれば事実上次期の騎士団長候補だという。それはすなわち、王国どころか世界最強の異名を取るファーレンベルガーの後継者ということになる。

――クリューガー様は、幼少期から剣術の天才でした。王国騎士団ではファーレンベルガー団長の後を継ぐのは、弟子のクリューガー様かバルテリンク様のどちらかだと噂されておりました。王国騎士団の若き二強という意味合いで、バルテリンク様は『王国の刃』と呼ばれ、そしてクリューガー様についた二つ名は――

(王国の牙……)

只者ではないというのは、出会ったときから予想していた。だが、それにしても相手が大物すぎて驚きを禁じ得ない。ファーレンベルガー自体が生ける伝説であり、戦場の神話、お伽噺の世界の人物なのだから、若くしてその後継者と呼ばれるのは尋常ではない。

――でも。

それだと腑に落ちないことがある。

「その親衛隊長が、なぜ王国から追われているのですか？」

それは当然の疑問だった。王家直属の親衛隊長が、王家から『反逆者』として追われる。本来なら反逆者を取り締まるのが親衛隊長のはずで、これではまるで逆だ。

「クリューガー様からは、何かお聞きになりましたか？」

「ううん、何も」

「では、わしが語れることはありますまい」

老人は白い眉毛を哀しげに下げる。

「もしかして、『ロザリンデ様』と関係あるのかしら？」

「それは……」

彼の顔が明らかに曇る。触れられたくないところに触れられたというような、痛みを訴える表情。

「オットーさんや」

ジェフスキーは視線を窓の外に向けると、声をさらに低くした。

「その名を口にするのは、この国では避けたほうがよい。理由は分かりますな？」

「理由……」

すぐに思い当たる。それはこの国に来たばかりのときに見た、あの大聖堂の処刑。

「そんなに……まずいの？」

「先代様が崩御されてから、この国は変わりました」老人は一度目を瞑る。「もう、あの大らかで、豊かで、慈愛に満ちた時代は、永久に来ない……」

「それはどういう――」

言葉の意味を訊き返そうとしたときだ。

ガチャン、と甲高い音が響いた。


――!

思わず口をつぐむ。音は竈のある部屋のほうから聞こえた気がする。

「おじいちゃーん」

「おう、どうしたー」

ジェフが立ち上がって部屋を出ていく。

僕も後に続いて様子を見に行くと、

「あ……」

隣の部屋の床には、砕け散った皿が散乱していた。その前にはリリーが困ったように立ち尽くし、泣きそうな顔でこちらを見ている。

「ごめんなさい～、おさら、わっちゃった～」

「おうおう、怪我ないかー」

「したー」

リリーは自分の右手を挙げる。小さくて細い指先からは赤い液体が流れる。

「ちょっと待っとれ、いま手当てを……えっと、綺麗(きれい)な布はどこじゃったかな」

「あ、僕に任せてください」

僕はリリーの前にしゃがむと、

「見せて」

彼女の右手を手に取る。皿の破片を拾おうとして付けたのか、ひとさし指に切り傷があり、ぬるりとした赤い液体で幼女の手を染めている。お人形さんのような可愛(かわい)らしい手が今は痛々しい。

「お姉ちゃんが治してあげる。動かないでね」

僕は少女の手首を握り、それから自分の手をかざす。

「消毒(キロン)」

小さな怪我(けが)なので、詠唱なしで治癒魔術を発動する。まずは消毒(キロン)。彼女の指先についた血液や汚れ、破片のようなものが粒子状に分解し、剝がれ落ちる。

それから、

「止血(スーラ)」

僕の手のひらと、少女の指先が光の輪に包まれ、わずかな熱を帯びる。

「あっ！」

リリーが驚いた声を出す。その指先の怪我はスーッと消えて、綺麗な元通りの皮膚になる。

「まだ痛む？」

「ううん、ぜんぜん！　トーねえちゃんすごい！」

「へへ、お師匠様にも治癒魔術だけは手放しで褒めてもらったからね」

ちょっと調子に乗りつつ、幼女の頭を撫でてやる。

「ありがとうございます、オットーさん」

「いえいえー、居候のただ飯食らいとしてはこれくらいしないと肩身が狭いですよ」

言いながらも胸を張る僕。

するとジェフは、

「ふむ……そうか、うん……」

床に散らばった皿の破片を拾いながら、しきりに一人でうなずいている。

「ジェフさん……？」

「オットーさんや」

老人は急に改まった顔になり、用件を切り出した。

「ちょいと、相談がありますじゃ」

3

その日の午後。

「おでかけ、おさんぽ、おかいもの～！」

リリーピアが弾むようなスキップをしながら、僕たちの前を行く。「あんまりはしゃぐと転ぶぞ～」と注意する僕もちょっと声が弾んでいる。

「あーい！」

ふわふわの髪をした幼女がくるりと振り向き、「トーねえちゃん、おじーちゃん早く～！」と両手を挙げる。ああ、こういう妹が欲しい。

――ちょいと、相談がありますじゃ。

ジェフからの申し出はこうだった。彼の知り合いに、少し変わった『病人』がいる。だが普通の医者に診せても全然分からない。そこで、僕の治癒魔術の腕を見込んで、どうか短時間でいいから診てやってほしい――そう言って老人は深々と頭を下げた。一宿一飯どころかすっかり居候（いそうろう）を続けている身としては「診ます診ます、だから頭を上げてください」と二つ返事で引き受け、こうして今はその『病人』のいるところまで歩いているというわけだった。

（ふう、ちょっと息苦しい……）

歩きながら、顔の布地を少し緩める。

僕も王国から目を付けられている可能性があるので、顔には用心のために布地を巻いている。こんな貧民街の辺境まで王国騎士団が出張ってくる可能性は低いと思うが、念を入れるに越したことはない。だけど蒸れるし邪魔だし思ったより不快で困る。

「あれですじゃ」

一刻ほども歩いただろうか。

貧民街のさらにはずれに、その建物はあった。

(うわ……けっこうキテるな)

ジェフに案内されて着いたのは、古びた『教会』だった。ただ、教会と言っても前に城下町の中心部で見た大聖堂のような荘厳さはなく、ところどころが崩れた壁に、縦横無尽に蔦が這い、いったい何百あるのか、苔むした墓石が教会を囲むように広がっている。廃墟という形容がふさわしい。真夜中に来たら僕はビビる。

「こんにちわ～」

そんな恐ろしげな建物の中に、ずかずかと踏み込んでいったのは桃色の髪の幼女。

「リリーちゃんは、ここに来たことがあるんですか？」

「ここにはお友達がたくさんおるんですよ」

「お友達……？」

半信半疑で、廃墟のような教会の敷地に入る。元は白かったのだろう灰色の壁には、戦災なのか犯罪なのか、血しぶきのような痕が見える。墓石と相まって、いかにも何か出そうだ。

「んっ……しょ」

リリーピアが小さな手で扉を押す。「手伝うよ」といっしょに僕が扉を押すと、

「あ、リリーちゃんだ！」「リリーちゃん！」「リリーピアじゃん！」といっせいに歓声が沸いた。教会の中には二十人とも三十人ともつかぬ子供たち。十歳くらいの子もいればまだ二歳から三歳みたいな子まで幅広い。

「メイちゃん！　シーちゃん！　リットくん！　みんな〜！」

リリーピアが喜び勇んで駆け寄っていく。

「はいはい、みんな、リリーちゃん来てくれて良かったわね。……ジェフ、いらっしゃい」

子供たちの間を掻き分けるようにして、年配のシスターが姿を見せる。ジェフが「様子はどうだい、グラニア」と手を挙げると、「おかげさまでなんとか。でも井戸水のポンプが調子悪くってねぇ」「後で見ておこう」「悪いわね、お昼くらいは食べていってちょうだい」と会話を交わす。だいぶ親しいようだ。

「おや、今日は見慣れない顔がいるね」

シスター・グラニアが僕を見て微笑む。

「はじめまして。オットー・ハウプトマンと申します。駆け出しの魔術師です」

「魔術師(メルルーシ)！」シスター・グラニアが目を丸くする。「あんれまァ、若いのにこれまた酔狂な」

「よく言われますー」

今どき十代の魔術師は珍しい。それくらい魔術師は旧時代の遺物であり、後継者不足は深刻を通り越してもはや諦めの境地と化しているくらいだ。

「オットーさんは治癒魔術の天才でしてな」

「いやー、天才なんて、ハハハ（もっと言って）」

ジェフが持ち上げてくれたので、ちょっとこそばゆい。

「まあまあ、お若いのにすごい」シスター・グラニアが両手を合わせる。「良かったらウチの子を見てくれるかい？　一人、変わった病気の子がいてね」

「もちろん。今日はそのために来たんですから」

「良かった。……ラーラ！　おいで！」

シスターが叫ぶと、子供たちの中から、すっと、人影が動いた。

（へえ……）

姿を見せたのは『椅子』に座った人物だった。それもただの椅子ではなく、車輪付きの椅子――僕も以前に見たことがある、確か交易商の間では『車椅子』と呼ばれ、足の不自由な者が使う乗り物――に乗っていた。珍しい魔術だけでなく、珍しい貿易品にもわりと興味がある僕は、まじまじと車椅子を見つめる。形状は変わっているが、かなりの高級品に見える。

「ラーラ、こちらジェフの知り合いのオットーさん。今日はおまえを診て下さるそうよ」

シスター・グラニアが声を掛けると、車椅子の人物は静かにうなずいた。車椅子をゆっくりと動かしながら、教会の奥にいる僕たちのテーブルまで近づいてくる。

そして、その人物はゆっくりと手を持ち上げ、フードをめくった。


（あ……）


言葉を失う。

その人物の顔は、包帯でぐるぐる巻きに覆われていた。目と鼻と口がわずかに覗いているほかは、まるで顔の皮膚をすべて隠すように包帯が巻かれており、古代の遺跡に埋葬された遺体のごとき容姿。見れば手足も包帯だらけで、火傷か、あるいは皮膚をさらしてはいけない病気か――とにかく重症だということが一目で分かる。ただ、穿いているスカートや、華奢な体つき、そして『ラーラ』という名前からして、まだ十代前半くらいの『少女』であることは何となく察する。

「――ッ――ア――ウ――」

少女が口を開く。ただ、その声はかすれており、うまく聞き取れない。

「ラーラは、声が出ないんだ」

シスター・グラニアが哀しげに言う。

「もう三年くらい前になるのかねぇ。大雨の夜に、教会の前で倒れていてね。ひどい高熱で、

すぐにウチで介抱したけど、何日か生死の境を彷徨って……そして目覚めたら、声も出ないし、記憶もなくしていた」

「記憶も？」

僕が訊き返すと、ラーラ本人がうなずいた。

「だから話すときは、少し工夫がいるんだ。……ちょっと待ってて」

シスター・グラニアは一度奥の部屋に引っ込んだあと、しばらくして何かを持って出てくる。

「はい、いつもの」

ラーラに、一本の『筆』が渡される。そして、何か緑色の『巻物』のような物体がテーブルに広げられる。

「これ、もしかして竹簡ですか？」

「オットーさんは物知りだね」

「父が交易商だったので、多少は。東のヤポニカで使われていた、筆記用具の一つですよね」

「紙は高いし、木簡も一度使ったら消せないからね。これは市場でジークフリーデが調達してきてくれたのさ。墨や筆といっしょにね」

「ジークフリーデが？」

「この教会には、親を戦災で亡くした子が多くてね。親が騎士団だった子も多いからか、ジークフリーデはしょっちゅうここに食糧や日用品を運んできてくれるんだ。まったく、義理堅いというか、本当にありがたいことですよ」

「そうなんですか……」

正直、意外だった。あの不愛想な騎士が、せっせと市場で食糧や日用品を買い物している姿が思い浮かばない。だいたいお金はどうしているのだろう?

「ほら、ラーラ。オットーさんにご挨拶してごらん」

シスター・グラニアが促すと、ラーラも少し嬉しそうに微笑む。目元が年頃の少女を感じさせる。

そして彼女は、細い指で筆を取り、サラサラと竹簡の上に文字を書いた。

『はじめまして。ラーラ・リートと申します』

達筆だった。リーベルヴァインで最も一般的なフィングレス語(ちなみに世界で一番多く使われている言語と言われている)を一糸乱れぬ筆遣いで書き綴る。

「字、きれいですね」

素直な感想を述べると、また少女が微笑む。性格の良さが滲み出ているような優しい微笑み。

「僕はオットー・ハウプトマン。旅の魔術師をやってる」

『魔術師! すごいです!』

驚いた感じで、また竹簡に文字が書かれる。職業を明かしてこんなふうに好意的な反応が返ってきたの、もしかして初めてかも。

『オットーさんは、頭が良いのですね』ラーラがまた竹簡上で褒める。

「いやいやいや、そんなことないよ！　師匠には怒られてばっかだったし、そりゃあお父さんには物覚えがいい子だなァってよく褒められたけど！」

年下の女の子に褒められて、妙にドギマギする。その包帯越しの深い瞳に見つめられていると、なんだか心の底まで見透かされているような気がするのだ。

『オットーさんは、ジークと知り合いなんですか？』

「ジーク？　ああ、ジークフリーデのことか。うん、知り合いっていうか……なりゆきでちょっとね」

『ジークは、この教会にもよく来るんですよ？　これだって彼女にもらいました』

彼女は嬉しそうに筆を掲げる。

「ラーラさんはジークフリーデと仲良いんだ？」

『仲良くしていただいております』

「へーえ」

ジークという愛称で呼んでいるところを見ると、だいぶ親しい仲らしい。それにしても、若いのに礼儀正しいいし、何というかすごく品がある。

（あれ……？）

そこで僕は、一つのことに気づいた。ラーラが筆を動かしているうちに、彼女の手首に巻かれた包帯が少しだけ解けていた。包帯の下から見えるのは、色の白い少女にはまるで似つかわしくない、黒く染まった皮膚。

いや、これは――

「魔術紋(ルーン)……？」

思わずつぶやくと、ラーラの手が止まった。僕の視線に気づくと、彼女はそっと筆を置き、それから自分の手首から、解けた包帯をさらに緩め、肌を露出させた。

「う……」

少女の肌には、びっしりと『文字』が書き込まれていた。小指の爪ほどの文字――今では使われなくなった古代の文字が延々と書き連ねられ、それは少女の肌をびっしりと虫のように覆っている。

「ラーラ、これは？」

「…………」少女は小さく首を振る。それからもう一度、筆を取ると、

『わかりません。覚えていないんです』

そうだった。彼女が記憶喪失であることを思い出す。

「ここに来た時からずっとそうだったのよ」シスター・グラニアが悲痛そうに告げる。「洗ったり、擦ったりしてみたんだけど、全然落ちなくて。最初は刺青かと思ったのだけれど、そういうのとも違うみたいだし」

「シスター、これは魔術紋（ルーン）です」

「魔術紋（ルーン）？」

「特殊な魔術によって使われる文字で、魔術の効果を定着させたり、あるいは他の魔術から守るために書いたりします。一定期間が経（た）つと消えるものがほとんどですが、ここまで念入りに刻まれたものは僕も初めてです」

「どうすれば消えるんだい？」

「それは……文字を刻んだ術者が消すか、あるいは術者が死ぬかしないと……」

　魔術紋（ルーン）自体は、そこまで珍しくはない。たとえば痛みを取り除くために患部に魔術紋を刻み、それで応急処置をするというのは昔――まだ魔術師が没落する以前の世界では当たり前だったと書物で学んだことがある。ただ、医術や麻酔の技術が進展するにつれて、それらは過去の遺物となり、今ではシスターくらいの年配の者でも知る人は少ない。

「どうですかいの？」そこでジェフが話に入る。「オットーさんは治癒魔術が得意だし、そして珍しい魔術をお探しというから、もしかしたらこれも魔術のたぐいかもしれんなァ、と思っていたんじゃや。魔術紋とか何とか、そういう専門的なことは知らんかったけれども」

「なるほど、そういうことですか……」

　話がすべて繋（つな）がる。確かにこれは、僕に打ってつけの患者と言えなくもない。治癒が必要で、診たこともない珍しい魔術紋。魔方位磁石（ダウジングロッド）もさっきからビンビンに反応している。

「治せるかどうかは、分かりませんが……」

指に嵌(は)めた魔量計(メータリング)の残量を見ながら、僕はラーラの前に座り直す。

「診るだけは診てみましょう」

『よろしくお願い申し上げます』ラーラは相変わらず、達筆な文字で返事をする。

（いったいどんな魔術なのかしら……）

患者の手前、神妙な顔をしてみせるが、心はかなりウキウキだった。

珍しい魔術。

それは僕にとって、知的好奇心と学術的探究心をくすぐられる刺激に満ちた『出会い』なのだ。もちろん、これが大魔術典(ラ・メルディア)最後の一ページを埋める魔術だったら儲(もう)けものだけど、それはそれとして新たな魔術との出会いはいつだって胸が躍る。

（ラーラには悪いけど、これは楽しみ……）

少女の手首を握り、「じっとしててね」と言いつつ、包帯を剝がしていく。シスターが手当てをしているのか、包帯は新しく、特に皮膚が荒れているとか膿(う)んでいるなどの症状は見当たらない。少女の腕にはびっしりと文字が刻まれており、それは肩まで続き、さらに衣服の中に続いている。

（これはすごい……）

一つ一つの文字を確かめながら、驚きを禁じ得ない。普通、下手な魔術師がやると文字が歪(ゆが)んだり、かすれたりするものだが、彼女に刻まれた何百何千という文字はすべてが完璧と言っていいほどに形を保ち、色濃く肌に定着している。かなり高位の魔術師が、念入りに準備をして施した魔術だというのが分かる。

「ねえ、これは？」

少女の体を確かめながら、ふと気になるものを見つける。

それは、首に嵌(はま)った高価そうな『首輪』だった。一見すると貴族の令嬢が好みそうな装飾品に見えるが、やけにきつく彼女の首に嵌(はま)っている。埋め込まれた赤い宝石には何かの魔術紋(ルーン)が浮かんでおり、どうやらこれも体に刻まれた魔術と同じ系統に思えた。

『分かりません』

ラーラは竹簡(ちくかん)で返事をする。

『気づいたときには、〈これ〉が嵌(は)められていて』

「外せないの？」

こくりと彼女はうなずく。

（どうやら、この首輪が『臭う』わね……）僕は彼女の全身を確かめつつ、どうすべきかを検討する。魔術紋は文字数が多く、この場で調べるには少し骨が折れそうだ。となると、ここは

『模写(トレス)』して、いったん持ち帰るのが良いだろう。

「ちょっとの間、じっとしててね」

僕は集中して、すっと息を吸い、

「イ・ルブラ・アントゥル・レーン――」

魔術を唱える。

「模写(トレス)！」

その瞬間だった。

――⁉

いきなりラーラの首輪が光ったかと思うと、爆発のような風が僕を襲った。

「キャアッ！」

叫んだときには、腹の底に嫌な浮遊感が走り、教会の椅子やテーブルが小さくなって――いや違う、これ、僕が、浮いてる――それから天井に背中を打ち付けると、

墜落した。

4

「イテテ……」

腰をさすりながら、帰り道を歩く。

「トーねえちゃん、だいじょうぶ？」

「大丈夫よ（大丈夫じゃない）」

強がりを言いつつ、僕は老婆のように腰をさすりながら笑ってみせる。

あの後は大変だった。呪文を詠唱した瞬間、ラーラの『首輪』が強烈に輝き、僕は教会の天井まで吹っ飛ばされた。咄嗟（とっさ）に「上動（ウプシス）」を唱えて落下速度を軽減させたからいいものの、それでも教会の椅子に盛大に体を打ち付け、意識が飛びそうになり、子供たちの前で尺取虫みたいに床をのたうち回ったのはかなり恥ずかしかった。

（反応系だよな、あれは……）

魔術を解除されないように、魔術紋（ルーン）に触れる者を攻撃する『反応系』の魔術というものがある。魔術紋を解除しようとする『干渉者』に対して（今回は僕だ）、火花や電撃を走らせ、解除させないように牽制（けんせい）する仕組みだ。シスターたちがこれまで魔術紋を消そうとしてもなんともなかったところから、どうやら魔術的に干渉した場合にのみ発動する系統だったようだ。

（でも、まさかあんな爆風で吹き飛ばされるとは……）

三年も前の魔術紋に、こんな強大な罠が仕込まれているとは。仕掛けたヤツはどんだけ用心深いんだ。まあ、あの怪しげな『首輪』を見たときに、僕ももっと警戒すべきだったんだけど。

「いやはや、申し訳ない。まさかこんなことになるなんてのぅ」

「いえ、別にジェフさんのせいじゃないですから……」

元はと言えば、僕が『珍しい魔術』によだれを垂らして近づいたのが悪いのだ。いつもなら、魔術紋の解除に当たる以上、防御魔術で警戒しながらもっと慎重に対処するところだ。やはり緊張感が足りなかったのは否めない。『おまえの悪い癖だ、珍しい魔術と見るやすぐに飛びつくのは』という亡き師匠の言葉が身に染みる。

（ハア～僕、成長してないなぁ）

なんだか自己嫌悪になりながら、重い体を引きずり、痛い腰をさすりながら歩く。

ああ、早く帰って毛布にくるまりたい……。そう思っていたとき。

――え？

ぞわりと、悪寒が走った。

（な、なに……⁉）

それは、全身の産毛が逆立つような、気色の悪い感覚だった。誰かの汚らしい『舌』で、べろりと肌を舐められたような生理的嫌悪感。

魔量計に反応はなく、魔方位磁石にだけわずかな反応。ペンダント状の磁石が、進行方向からすると斜め後ろ――さっきまでいた教会の方角から感じる。

（これ、もしかして……）

魔術の中には、暗殺系とか、呪詛系とか呼ばれる種類のものがある。文字通り、人を秘密裏に殺したり、呪い殺したりするための技術だが、それはこんなふうに、生理的に嫌な予感と、微量な魔力反応で現れるとお師匠様から教えられた。

（これは……僕だよね、呪詛対象）

「どうしたんじゃ、オットーさん」

ジェフが首を傾げる。

「すみません、そのまま歩きながら僕の話を聞いてください」

「ぬ……」

ジェフが何かを察する。リリーピアと手を繋ぎ、「何事ですかいの」と視線を前に向けたまま尋ねる。

「あの、何か……」違和感を、僕はそのまま言葉にする。「誰かにじっ、と……ううん、ねっとりと見られているような、そんな気がするんです」

「見られている？」

ジェフが視線だけであたりを確認する。通行人はおらず、両側は古びた民家や廃墟が連なるだけだ。

「何者でしょうか」

「僕にも分かりません。でも、確かに感じるんです。誰かに監視されている」

「監視……」

かつて騎士団にいた老人は、そこで目つきを鋭くする。

「もしかして騎士団の手の者？」

「そう、ですね……」歩きながら思い出す。確かに数日前、僕は——正確にはあの眼帯の少女が——王家の兵士たちと戦いになり、そして最後はファーレンベルガーと刃を交えた。あの少女のみならず、僕に王国の監視が付いてもまるで不思議ではない。

でも。

「騎士団では……ないと思います」

ファーレンベルガーと対峙したときは、確かに恐怖した。だが、それはこういう嫌悪感とは異なる、もっとシンプルな、強い者に対する恐怖、あるいは畏怖だった。

「おねえちゃん、どうしたの？　こわいかお……」

「大丈夫だよ、リリー」

僕は心配を掛けないように、あえて微笑(ほほえ)み、リリーピアの頭を撫(な)でる。歩くスピードはそのまま。

「なんでもないから」

僕は視線を周囲に走らせながら、胸元からペンダント状の魔方位磁石(ダウジングロッド)を取り出す。背後から見えないように気をつけつつ、

「オール・メルシ、ウル・メルシ・サン……オール、メルシ、ウル・メルシ・サン……」

鎖に繋(つな)がれた鋭角の宝石を、ゆらゆらと振り子のように回転させながら、『対象』の方角を探る。魔方位磁石(ダウジングロッド)は魔力を秘めた存在ならほぼすべてを感知できる。おそらくこの程度の狭い区画なら百発百中だ。

（いた……！）

鎖がピンと立ち上がり、宝石が吸い寄せられるように一点を差す。そこは後方にある路地裏。

あ、あ、あそこに魔術師がい、い、いる。

（今どき珍しいけど、食い詰めた連中かな……）

魔術が落ち目になったとはいえ、それですぐに魔術師がいなくなるわけではない。魔術師だって食っていかなければならないし、こうした裏仕事や汚れ仕事に携わる者は少なからずいる。

「ジェフさん、僕が合図したらリリーを連れて走って下さい。そして僕が来るまでどこかの建物に身を隠して」

「……分かった」

老人は低い声でつぶやくと、目つきが鋭くなる。腰に下げた大ぶりのナイフを確かめたのは、元騎士団ゆえか。

「ねえリリーちゃん、お姉ちゃん用事ができたから、先に帰っててくれる？」

「ようじ？」

「うん、忘れ物したみたい。すぐに追いつくから」

「わかったー」

リリーピアがうなずく。

僕たちは道を変わらぬペースで歩き、それから角を曲がった瞬間、

「よーしリリー、おじいちゃんと走るぞ」

「どうしてー？」

「家まで競争だ」

「うん！」

二人が駆け出すと同時に、僕は踵を返し、道を戻る。

その瞬間だ。

——来た！

目星をつけていた路地裏で、何かが光った。それは風を切り裂いて飛ぶ刃物のような物体で、僕に向かって一直線に襲い掛かってくる。

だけど準備はできている。

「念動（キネシス）！」

叫んだ瞬間に、目の前の地面がスコップで彫ったようにボコリと持ち上がり、バッと土煙が上がる。僕が魔術で動かした『土塊』が、飛んできた『刃物』とぶつかり盾となる。防御魔術より安上がり、かつ同時に土煙で目くらまし。僕だって伊達（だて）に世界中を渡り歩いていない。

（右だ！）

魔方位磁石（ダウジングロッド）の反応から、相手の移動した方角をすぐに割り出す。世界一の魔術師だったお師匠様が直々に発明したこのアイテムがあれば、相手の動きは手に取るように分かる。また刃物が飛んでくる。だが、これもまた「念動（キネシス）！」で撃墜。相手が同じ魔術師なら、グリゼルダ製の防具をまとっていることはありえないし、こちらの魔術が相殺（そうさい）されることもない。

（ナイフだけ……？）

応戦しながら違和感を抱く。この魔力反応なら、相手は間違いなく魔術師。にもかかわらず、なぜか攻撃はナイフ一辺倒。火の玉も氷の刃も飛んでこないのは妙だ。

（ま、相手に訊（き）けば分かる……！）

彼我の力量差が分かってくると、少し余裕が出てくる。このまま敵の攻撃を完封して、それから相手を拘束して、口を割らせて――

だけど次の瞬間。

（――えッ⁉）

土煙の中から現れたのは、目を疑う光景。

敵は二人いた。

隠者のような格好の人物が二人、それぞれ土煙の中から飛び出し、そして僕に襲い掛かる。

（嘘（うそ）、だって魔力反応は一つだけ――）

「念動（キネシス）！　念動（キネシス）！」とっさに連発したが、それは一人に土塊を浴びせたものの、残る一人は僕に飛び掛かってくる。

――すぐに油断するのがおまえの悪い癖。

亡（な）き師匠の言葉が浮かんだときは、もう遅かった。僕は敵に馬乗りに押し倒され、背中を激しく打ち、ほぼ同時にゴンと後頭部を打ちつける。視界が揺れ、意識が飛びかける。目の前には敵の上半身、その振り上げたナイフがぎらつく。

ああ、死ぬ、こんなところで、嫌だ、嫌だ、誰か――悲鳴を上げるよりも早く、敵の凶刃（きょうじん）

は僕の胸に――

「――そこまでだ」

声が響いた瞬間、僕の上に乗っていた敵の体が、いきなり吹っ飛んだ。

（えっ⁉）

敵はナイフとともに地面に転がり、動かなくなる。「ウェッホ！　ゲホッ！」と僕がむせながら上体を持ち上げ、視線を上に向けると、

「あ……」

そこに立っていたのは眼帯の少女だった。

「どうしてここに……」

「それはこちらの台詞だ」ジークフリーデの足元には、大きめの革袋があった。中からは鶏肉や果実、芋類らしきものが覗いている。「教会に食料を届けにきたら、『気配』を感じた。見に来たらこれだ」

「気配……敵の？」

「おまえのだ」

「ぼ、僕の?」意外な答えにドキリとする。「僕を追って来たってこと?」

「さっきからそう言ってるだろう。もちろんすぐに敵の気配も察知したがな」

「そ、そうなんだ……」

なんだか妙なことを言われて驚く。彼女を追っていたはずなのに、彼女のほうから追って来られて変な気分。

「さあ、立て。戦いはまだ終わっていない」

彼女が伸ばした手を、僕はそっと握る。ぐいっと引っ張られて起こされると、触れ合った彼女の手の感触にまたドキリとする。見た目はクールで硬いイメージなのに、手はすごく熱くて、柔らかい。

見れば、敵のほうも地面に手をつき、同じタイミングでのっそりと立ち上がるところだった。

(まさか二人いるなんて……魔方位磁石(ダウジングロッド)の故障?)

相手が一人だと思っていたから不意を打たれた。でもこれで二対二――

「えっ? えぇっ!?」そこで事態はさらに急変する。路地から、一人、また一人と、隠者のようにフードとマントを被(かぶ)った人物が現れる。背丈も衣装もそっくりの『敵』が……

四人。

(嘘(うそ)でしょ……)敵は四人。まさかこれだけの人数に監視されていたとは。

でもどうして？　磁石は反応が一つだけだったのに……。

「──来るぞ！」

僕が言い終わる前に、戦闘が再開する。四人の刺客がこちらに向かって殺到する。

「念動（キネシス）！」

僕は魔術で応戦する。ボコッと地面から土の塊が浮き上がる。だがすぐに、

「伏せてろ！　まとめて斬るぞ！」

「むぎゅっ!?」僕の頭がいきなり上から押さえつけられる。何すんだよ、と言い返そうとしたところで、

閃光（せんこう）が走った。

ジークフリーデが剣を振るった瞬間、四方から襲ってきた敵に三日月のような光の剣閃（けんせん）が炸裂（さくれつ）し、それは敵を一気に押し戻した。四人ともがまるで薄い布切れのように宙を飛んでいく。地面に倒れるともうぴくりとも動かない。

何度見ても、驚かされる。眼帯をつけたままなのにどうしてこうも正確に剣が振るえるのか。しかも今飛んで行ったのは……魔力？

やっぱり未知の魔術──

「ちっ……」

そのときだ。ジークフリーデが悔しげに舌打ちをする。さすがに四人からの同時攻撃は回避しきれなかったのか、肩口のあたりから一筋の血が流れている。

見れば、四人の敵は一人だけがまだ生き残っていた。攻撃が浅かったのか、一人だけよろよろと立ち上がる。周囲を見回し、立っている仲間がもう誰もいないと気づくと、背を向けて逃げ去っていった。

「君、その傷……」

「大丈夫だ」

彼女はビュッと剣を振るい、刀身の血糊(ちのり)を落とす。自分の傷は意に介さず、「ぬかったわ……」とつぶやきながら、倒れたままの相手のフードを、長剣の先端で引(ひ)っ掛(か)けるようにして剝ぐ。

すると、

「な……」

そこに現れた顔は、人間のものとは思えなかった。浅黒い顔は、すでにその半分が崩れ去り、原形を留(とど)めていない。まるで砂で作った彫像が、波にさらわれたように。

「おい、魔術師(メルルーシ)」

「なに？」

「私には見えん。説明しろ」

（あ、そうか）

今さらだが気づく。彼女は目が見えない。一瞬で敵を撃退したことからすっかり忘れていた。

「ええと、なんていうか、顔全体が『砂』みたいになってる」

「砂？」

「人の顔が、砂みたいに崩れて……」

「人間の顔が砂になるわけないだろう。そもそも刀身の平地で打ったのだから死ぬわけがない」

「いや、僕に言われても……」

そのときだ。砂状になっていた敵の顔は、一気に崩れて、完全に形が失われた。体のほうも服がぺしゃりと潰れ、袖や裾から砂が広がる。見れば、他の二人も同じようで、その砂さえも、なんだか空気に蒸発するように嵩（かさ）を減らしていく。地面に広がっていた血だまりすらも、今は乾いた赤い砂のようになっている。一瞬だが、若い女の顔のようにも見えた。

（魔術……だよな。でもこんな……）

土塊や砂塵（さじん）を人の形のようにする魔術は確かに存在する。いわゆる『依（よ）り代系（しろ）』の魔術がそうだが、これは見たこともないタイプ。

（あれ？）

そこで僕は気づく。砂と化した敵の遺体——もはや遺灰という表現のほうが正しいのだろうか——その中に、細長い糸状のものが残っているのを。

「髪……？」砂を掻き分けて、その糸状のものを摘まみ上げる。人間の髪の毛のように見えるが、うっすらと金色の光沢がある。

「これが、依り代なのかな？　でも……」

普段なら、珍しい魔術に好奇心をくすぐられるところだが、さすがに命を狙われた直後とあってはそんなことも言っていられない。

（この国に来てから、立て続けに珍しい魔術にぶつかるけど……なんか、嫌な感じ……）

僕が首をひねっていると、

「トーねえちゃーん！　あ、フリねえちゃんもいる！」「オットーさん、大丈夫ですか……!?」

リリーピアとジェフの声がした。

遺体から採取した『髪』をハンカチで包むと、僕は「二人とも無事？」と振り返る。

ジークフリーデは肩口から一筋の赤いものを流しながら、じっと、教会のある方角を光なき視線で見つめていた。

【memories】――イザベラ・バルテリンク

「ありがとうございました！」

「………」

先輩は静かに会釈をする。もう三年以上のつきあいなのに、先輩はあまり打ち解けない。誰に対しても不愛想で、寡黙で、無言で刃を研ぎ続ける刀匠のごとく、その剣術だけは年々鋭さをましていく。

最初のうちは出稽古という名目で、そして途中からは正式な道場生として、私はクリューガー剣術道場に出入りするようになっていた。もちろん先輩と立ち合うためで、この三年は寝食を共にしながら、先輩の一挙手一投足に目を光らせ、その強さの秘密を探っている。

先輩は、不思議な人だった。

無類の強さを誇り、他を寄せ付けないほどの圧倒的才能を持ちながら、決してそれを鼻にかけることもなく、いつも無言で剣を振るい、黙々と稽古に励む。無表情でありながら無慈悲というのとは違い、ふとしたときに見せる情などは深いものがあり、たとえば後輩の道場生がいじめ同然でしごかれているのを見ると、すっと割って入り、「稽古相手なら私がしよう」などと言い出していじめの犯人を叩きのめしたりする。なぜそんなことをするのか、と問うと、決まって返ってくる答えは「騎士道ゆえ」という言葉で、私はいっしょに過ごすうちに、いつの間にか先輩の姿ばかり目で追うようになっていた。厳しい稽古の合間に見せる、ふとした優しい眼差(まなざ)しが、私の中で日々の糧(かて)にすらなりつつあった。強くて、無口で、孤高で、そのくせ優しくて――ジークフリーデ・クリューガーという存在は、日に日に私の中で大きくなっていった。

いつだったか、先輩と長く話ができたことがある。

満月の、やけに明るい晩だった。

そのとき、先輩は、じっと星を眺めていて、先輩が剣術以外で何かに気を取られているのは珍しいように思えた。

「星空、綺麗(きれい)ですね」

「……ああ」

「星、好きなんですか？」

このころ私は、日常会話であればいくらか先輩と話すようになっていた。師範や道場生を見渡せば、もしかすると私が一番先輩と口を利(き)いている間柄かもしれず、それは私の密(ひそ)かな自慢でもあった。

「以前、先生が言っていた話を思い出してな」

先輩は、私と同じ十代なかばの年頃なのに、どこか人生を生き切った老賢者のような口ぶりで言う。

「騎士道とは、夜空の星と似ている。手の届かぬ星に、いつまでも手を伸ばし続け、高みを目指し続ける精神」

「先生らしいですね」

先生とは、騎士団長であり、この剣術道場の名誉師範であるファーレンベルガー様の敬称だ。寡黙な先輩との間で、『先生』のことは共通の話題で、ほとんどが剣の心得や技術に関することだった。

(高み……)

私は星を見上げる。星は高く、遠く、はるかな天空にある。先輩の目指す場所は、あれほどまでに遠いのか。

「先輩は、まだ高みを目指しておられるのですか?」

「当然だ」

「先輩は、これほどまでの強さを得ながら、まだその先があるというのでしょうか?」

「私など、先生の足元にも及ばぬ」

己の強さを即座に否定する先輩は、堂々としていて、それは謙遜や謙虚というよりも、求道者ゆえの悟りのように思えた。

「……どうしたら、先輩みたいになれますか」

「ん？」

それは、思わず訊いてしまった質問だった。口に出してから、急に恥ずかしくなり、だけどそれは紛れもなく私の本音であり、常日頃から胸中に抱く最大の関心事でもあった。

「今日も、先輩から一本も取れませんでした。いいえ、この三年、私は先輩と立ち合い、先輩の剣技剣閃を目を皿にして見ているのに、何ひとつ先輩に追いつくことができません。私と先輩、いったい何が違うのでしょうか？」

「…………」

「あ、申し訳ございません。無礼な口の利き方でした。才能も努力も心構えも、すべて先輩が上だと言うのは重々承知しております。ですが、それでもなお私は知りたいのです。ずっと先輩を見てきました。そこで気づいたことは、先輩には、私や他の道場生とは違う、まったく別の『何か』が見えているような気がしてならないのです。先輩が、普段何を見ているのか、先輩の目指す高みとは何なのか――それが知りたいのです」

「おまえと変わらぬよ。騎士道を極め、先生のような騎士道の体現者を目指す。それ以上でも以下でもない」

「ですが、先輩と私は明らかに違う」

「同じ師に学んで、同じ道場で励んでいて、違いも何もあるまい」

「それは……」

もどかしかった。どう言えば、この気持ちを伝えられるのか。

先輩の瞳に映るものが知りたい。

剣の稽古や勝負を終えたあと、ふとした隙に垣間見える、優しい眼差しの正体を知りたい。

「イザベラは、たまに難しいことを言うよなぁ」

先輩はいくらか砕けた口調で、肩をすくめる。

「何が見えているのか――ふむ、そうだな……」

先輩は顎に手を当てて、ぽつぽつと語り出す。剣術や騎士道の話題のときだけ、先輩がいくらか饒舌になるのを私は知っていた。

「答えになっているか、分からぬが……」

先輩は、長いまつげを伏せて、低い声で語る。

「守るべきもの」

「え……？」

「おまえも知ってのとおり、騎士道とは、王を守り、国を守り、そして民を守る。守るべきものがあるから、騎士は強いし、強くあらねばならぬ。私はいつも守るべきものを心に留めながら、剣を取るようにしている」

「先輩は、守るべきものがあるから、強くなれる――そういうことでしょうか？」

「ああ……」

先輩の瞳は、もう私を見ていなかった。その瞳には、星が輝き、その視線の先にはほのかな明かりが見えた。それは城のかがり火。

そのとき、先輩の唇が、かすかに動いた。それは声にならぬ声で、確かにこう言っていた。

ロザリンデ様——と。

（先輩……）

もっと、何か訊きたかったのに、言葉が続かなかった。

なぜなら、このときの先輩が、とても遠い目で、慈愛に満ちた顔を——

幸せそうな顔をしていたから。

「冷えてきたな。そろそろ戻るか」

先輩は銀髪を翻し、廊下を歩いていく。私はその背中を追いながら、

——先輩。私の先輩……。

いつもの想いを、胸の中で繰り返すのだった。

先輩の瞳に映るには、どうしたら良いのでしょうか——

第三章　わるいおうさま

1

その夜。

「ほら、下着も脱いで」

「下着は別にいいだろう」

「駄目よ、ちゃんと全身を洗って、それから止血と消毒しないと。リリーちゃんだって治療のときはいい子にしてるよ？」

「ぬ……」

彼女の肩の傷は、思ったよりも深手だった。当然、僕はその場で応急処置を施したが、それだけで傷が完治するわけではない。当のジークフリーデは「気にするな」と拒んでいたけど、ようやく説き伏せて今に至る。

「お湯、足りますかいのうー？」

ジェフの声が戸の外から聞こえる。「大丈夫でーす」と僕が答える。「リリーもはいるー」と幼い声がするが、「今は治療中だから後にしなさい」とジェフのたしなめる声が聞こえる。

「力を抜いて。そんなに時間は掛からないから」

「…………」

相変わらず愛想がない。

「君さ」ちょっと世間話をしながら緊張をほぐす。「教会に食糧なんて届けてたんだ」

「ああ」

「あんなに買って、けっこうお金かからない？」

「金は大してかかっていない。昔の騎士仲間で、今は商人に鞍替えした者などが分けてくれる」

「へえ……」

「おまえこそ、教会に何しに行った？」

「ああ、それはね、ジェフさんに頼まれて――」

世間話を続けつつ、手だけは動かす。彼女の包帯を、盥に張られたぬるま湯で一度湿らせてから、傷口に注意して丁寧に剝がしていく。

すでに彼女の肩口の傷には『止血』と『包体』が掛けてあり、これだけでも一応の効果は望めるが、やはりこの手の傷は完全に治癒しておくに越したことはない。魔術の種類で言うと『縫合』がそれに当たる。

（にしても……）

包帯を剝がしながら、僕はじっと彼女の裸体を観察する。新しい傷以外にも、無数の刀傷や裂傷がところどころに見られる。肌そのものは透き通るように真っ白なだけに、そこにできた古傷が目立ち、十数年の人生でどれだけの修羅場をくぐってきたのか想像もできない。

これからも、彼女は戦い続けるのだろうか。見えぬ目で、国を敵に回して、何よりあの暴君に忠誠を誓ったまま――

「どうした」

「あっ」

気づけば、ジークフリーデに手を摑(つか)まれていた。僕が手をかざした姿勢でぼんやりしていたから、彼女が不審に思ったようだ。

「あ、いいの、なんでもない」

摑(つか)まれた手がやけに熱くて、僕はどぎまぎしながら誤魔化す。集中、集中。注意力散漫は魔術失敗のもとだ。

「縫合(リブラ)……！」

呪文を詠唱すると、手から光が放たれ、無数の古傷が星座のように照らされた。

一通りの治癒魔術が終わったあとだった。

「……ねえ」

僕は新しい包帯を巻き直しながら、気になっていたことを尋ねる。

「どうして、また僕を助けてくれたの？」

「質問の意味が分からない」

「だって」疑問をそのままぶつける。「僕と君は、その、他人同士でしょ。なのに、ファーレンベルガーのときも、今日のことも……君は僕をまるで家族のように助ける」

その質問を聞いた彼女は、ふう、と息を吐く。

「騎士にとって、臣民は家族同然。助けるのは当然だ」

「僕は臣民じゃないけど」前にも似たようなやりとりがあった気がする。

「この国に足を踏み入れた以上は同じこと。私はこの国で哀（かな）しい想（おも）いをする人間が増えてほしくない」

「君はこの国から追われてるんだよね？　だったら、国のことなんか気にする義理はないんじゃない？」

「国と一口に言っても、その意味するところは一つではない」

ジークフリーデは背を向けたまま答える。裸体からこぼれる雫（しずく）が、滑らかな肌を滑り落ちる。

「国とは王であり、土であり、民である。そして王国騎士団はこのすべてを守る」

「でも君は、騎士団から……」

「騎士とは」

そこで彼女の声が少し高くなる。

「たとえ最後の一人になったとしても、勇気と誇りを失わず、国のために剣を振るい、馬を駆ることができる者を言う。残る血の一滴まで使命を果たす覚悟のありようを、人それ騎士道と呼ぶ」

それはまるで、一騎打ちの際に名乗る口上だった。凛とした口調は、実に気高そうな彼女に似合っていて、きっと彼女は大軍に囲まれてもそうするのだろうと、どこか想像上で納得する。

不思議な人だ、と思った。

言葉に嘘がない。まだ出会ってそんなに経っていないのに、言葉を紡ぐときの誠実さみたいなものがひしひしと伝わってくる。海千山千の商人を相手にしてきた父を見て来たから分かる。ほぼすべての商人は、商売のために自分と商品を言葉で飾り立てるし、騎士や傭兵、いや賊でさえ、己の強さと経歴をいたずらに誇る。

しかし彼女は違う。国から反逆の罪で追われてなお、自らを騎士であり、国を守るのが使命だと公言している。この忠誠心はどこから来るのか。

――ロザリンデ様、ロザリンデ、さ、ま……。

また、あの晩のことを想い出す。彼女が何度もうわ言でつぶやいた名前。

ここまで、彼女に忠誠を誓わせるロザリンデとは、いったい何者だろう。この国の絶対権力者なのは知っている。暴君なのもこの目で見た。なのにどうしてジークフリーデは今でも——

（二人の関係は、どういうものなんだろう……）

「終わったのか？」

「え？」

「治癒」

彼女は少しだけ振り向く。眼帯はつけたままだ。

「あ、う、うん……一応」

「ではもう上がるぞ」ジークフリーデは立ち上がり、下着を穿(は)く。服を手に取るとき、わずかに手で周囲を探るような動きをしたのが、なんだか不思議だった。やはり見えていないのか。前に、気配の問題とか言ってたけど……。

「ではな」

「待って！」とっさに呼び止める。「もし、良かったら……なんだけど」

「なんだ」

彼女は濡(ぬ)れた髪を紐(ひも)でまとめながら、僕のほうに振り向く。なんとなく、今を逃がすと二度とチャンスがない気がした。

「その、ついでと言ったら変だけど……君の『眼(め)』も、診せてもらっていいかな？」

「診てどうする」

「治せるとは言わないけど、もし君の『それ』が魔術的なものなら、何かお手伝いできることがあるかも。それに僕、今は君の主治医みたいなもんだし」

「おまえのそれはただの好奇心だろう」

「それは否定しないけど……」ぶっちゃけ、珍しい魔術は三度の飯より好きだし、大魔術典（ラ・メルディア）のためもある。だけど今は――


　もっと彼女のことを知りたい。


　だから僕は理屈をつけた。

「でも、君自身も、自分の目のことはよく分かってないでしょ？」

「それは……」

　彼女は指先で、そっと眼帯を触る。

「もし君の『それ』が、何（なん）らかの魔術的なものだとすると、ひとつ問題があるんだ」

「問題？」

「魔術同士って、得てして干渉するから。僕の治癒魔術と君の目に施された魔術が干渉した場合、相互に悪い影響が出ることもありうる。特に呪術系なら何が発動条件になっているか分からないし。だから最低限の魔術の性質は知っておきたい」

すべての魔術には大なり小なりの『副作用』があり、同時に二つの魔術を人体に使うとその恐れはますます大きくなる。医学でたとえるなら、別々の薬をいっぺんに飲むような行為だ。

「………」

彼女は黙る。何かを考えているようだった。

デリケートな話題だというのは分かっている。だけど僕は知りたかった。そして、彼女のことを知る一番の近道は、その不可思議な『眼』の謎を明かすことだと感じていた。

「それに、君は何度も僕に怪我を治してもらってるよね？」

本当は、僕のほうだって彼女に何度も命を助けてもらっているから、おあいこみたいなものだった。だけどこの堅物で、口を開けば騎士道だの使命だの言う少女を動かすには、そういう『義理』に訴えるのが一番だと思った。

「ぬう……」予感は的中する。「おまえは本当に、口が達者だな」

「商人の娘だからね」

「いいだろう」

彼女は向き直る。白くて豊かな乳房が、ぴとりと張り付いた上着の下で揺れた。

「ただし、一つ条件がある」

「なに？」

「知り得たことは、決して口外するな」

「分かってる。こういうのは当然守秘義務があるしね」

「誓うか」

「もちろん」

彼女はうなずき、「信じよう」と告げた。


そして始まった。

「イ・ルブラ・アントゥル・レーン――」

教会での失敗を教訓に、まずは『反射（ラミル）』と呼ばれる魔術を唱える。いわゆる防御系の魔術だが、物理攻撃よりも魔術攻撃に対応した効果がある。僕が騎士なら反魔素材（グリゼルダ）の鎧（よろい）でも装備しておけばいいのだが、それだと僕自身の魔力が減殺（げんさい）されてしまうからここでは不向きだ。

「行くよ……」

魔量計（メータリング）にも、魔方位磁石（ダウジングロッド）にも今のところ反応はない。だが油断は禁物だ。教会で天井まで吹っ飛ばされた背中の痛みはまだ覚えている。

「眼帯、外すよ」

「自分でやる」

彼女は自分の指先を、そっと後頭部に回す。結び目をほどいてから、ゆっくりと眼帯を外す。

その白い顔が露（あらわ）になる。

どくん、と僕の心臓が鳴った。

初めて見る、彼女の素顔。

裸の彼女を湖で初めて目撃したときにも感じた、いやそれ以上の、瞳に焼き付くような衝撃。

「………」改めて、思う。


美しい。


年齢が同じなのに、大人びた雰囲気が漂っていたのは、やはり眼帯の印象が強かったと知る。眼帯の跡がわずかについた顔は、日にさらされない分だけなおのこと白く、雪のような美しさを湛（たた）えている。両眼と鼻筋の上部を一文字に切り裂いた傷跡は、そこだけ異様に存在感を放っており、処女雪をぶしつけに汚したような傷跡は、不思議なことに瞼（まぶた）だけは斬られておらず、この少女が目を開けたまま斬られたことを意味していた。

心臓がさっきから鳴りっぱなしだ。どうして僕、こんなにドキドキしてるんだろう。これではまるで、裸の女の子を前にした男の子みたいだ。

（あれ……？）

外した眼帯の裏地には、何やら細かい文字がびっしりと書かれている。小さすぎて判読しづ

らいが、おそらくは魔術紋（ルーン）のたぐいだ。

「この眼帯、何かの魔術具？」

「さあな」

「でも、君のだよね？」

「さる方から頂いたものだ。目の治癒に効能があるらしいが、細かいことは知らぬ」

「ふーん……」

まだ訊（き）きたい気もしたが、今は眼帯よりもこっちが先だ。

目の前には、瞼（まぶた）に大きな傷を負った一人の少女。

一度、唾を飲み込む。

「目……開けられる？」

「ああ」

そして彼女は——

目を開いた。

次の瞬間。

茫漠（ぼうばく）たる光が、僕の目を焼いた。

「え、え、あぁ、あっ――」僕は思わず自分の目を押さえる。光とともに、何かが僕の中に飛び込んでくるような感覚があり、そして――

おおおおおおおおおやめくださいロロロロロロザリンデ様様様様様様

それは脳みその中を揺さぶられるような体験だった。目から入った光がまるで僕の頭蓋の中で跳ねまわっているように、映像とも音声ともつかぬ何かが反響する。

(反射(ラミル)が効かないっ⁉　え、え、なになになにこれこれこれ――)

思考がまとまらず、酩酊(めいてい)と混乱の極みにありながら、

――あ。

気づくと、僕はそこにいた。

跪(ひざまず)いた場所は、深紅に染まる絨毯(じゅうたん)。

天井には荘厳(そうごん)にして華美なシャンデリア。

部屋の奥には、一人の人物が見えて、それは刀を振り上げ、ゆっくりと、こちらに、近づいてきて、背後に見えるのは黄金の輝きを放つ椅子――玉座？　だとしたら、ここは王宮？　そ

んな想像を巡らしたときには、

「お許し、ください、ロザ、リンデ、様……」

僕の——いや、これは僕じゃない、ジークフリーデの声——がその名を呼ぶ。

そこに立っていたのは、そう、この国の絶対者、ロザリンデ・リーベルヴァイン。その体は小さく、まだ齢（よわい）が十ほどしかないように見えるのに、目を見開き、口は耳まで裂けるくらいに広がり、怒りに満ち満ちた化け物のような形相で、

「ジー、ク……」

その口は野獣のように歯茎をむき出しにして、

「おまえは……『鮮血の謝肉祭（カルネム・レヴァーレ）』の生贄（いけにえ）だ……」

そんなことをつぶやきながら、その手にした凶刃（きょうじん）は、僕の——いや彼女の——

両眼を切り裂いた。

熱ッ——

何かの熱が顔を覆ったとき、僕はそのまま、闇の中に崩れ落ちた。

○

「――おい、しっかりしろ！」

揺さぶられて、

（――⁉）

目を覚ます。

「あ、あ、あぁあああぁあああ――ッ！」まるで自分の声じゃないみたいに、喉から悲鳴が出る。「やめて、やめておねがいおねがいいやめてえぇ――ッ‼」

僕は腰が抜け、それでも必死に後ずさる。自分で自分が制御できない。

「旅の魔術師（メルルーシ）よ！」

まるで軍隊で一兵卒を呼びつける上官のごとく、その声は鳴り響いた。

「目を開けろッ！　私を見るんだ！」

「いや、いやあああああぁ……‼」

壁際（かべぎわ）まで下がり、頭を抱えていた僕。だけどその体勢はいつまでも続かず、根菜でも引っこ抜くみたいに僕は無理やり腕を掴（つか）まれ、顎を持ち上げられる。

「お許しください、ロザリンデ様ぁあああぁ……‼」

「目を開けッ！！！」

（あ……）

バチン、と頬を叩かれ、やっと正気に返る。

あ、あれ……？　目の前には、瞼を閉じた美しい顔の少女。

「ジーク、フリーデ……？」

「大丈夫か？」

彼女は心配そうに尋ねる。

「え、あ……え？」

質問の意味がよく分からず、ただ体の震えはまだ止まらない。

恐る恐る、自分の手を持ち上げ、確かめるように顔を触る。

ある。僕の目は、まだ、ある。

（今の、いったい……）

まだ動悸が収まらない。恐怖が胸の奥にずっしりと留まっている。脇や背中が嫌な汗でぐっしょりと濡れている。

「…………」

ジークフリーデは、じっと黙ったまま僕の様子を窺っていた。

やがて、

「今日のことは忘れろ」

そう言い残し、硬い表情で部屋を出ていった。

2

その夜。

ひゅうひゅうと響く隙間風の音が、いつもよりどこか切なげに響く部屋で、僕は小さな身をさらに縮めていた。

（さむ……）

毛布の中で、もぞりと体を動かす。ないよりはマシという程度の、床に敷いた布からは底冷えした空気が忍び寄り、ぶるりと体が震える。森の中で野宿していたころに比べれば全然恵まれた就寝環境のはずなのに、今日だけは薄い毛布がひどく心もとなく思える。

ふと隣を見ると、壁際で亡霊のように、少女が座り込んでいる。長剣を収めた鞘を手にしたまま、静かに寝息を立てている。その肩にはマントのように毛布を羽織っており、横にならないのは戦場の習慣なのか、それとも僕を警戒してる？　事情は分からないけれど、今日に限って寝付けない理由はきっと彼女のせいだ。

（いったい何だったんだろう……）

昼間のことを思い出し、目はますます冴える。

――ロザ、リンデ、様……。

あの『映像』の中で、確かに見た『犯人』。

ロザリンデ・リーベルヴァイン。すなわち、この国の最高権力者によって、ジークフリーデはその両眼を斬られた。どんな経緯で、あるいは何の罪状でそうなったのかは知らない。ただ、彼女が『反逆者』として追われていること、親衛隊長だったにもかかわらず、やめざるを得なかったこと。そうした現在に繋がる重要な鍵が、あの『映像』の中にある気がした。

――お許し、ください、ロザ、リンデ、様……。

どういう理屈かは分からない。あの映像が本当に彼女の過去に起きたことなのかも確証はない。

だが、もしあれが真実なのだとしたら。

ジークフリーデの両眼が、女王ロザリンデによって斬られたのだとしたら。

――どうしてだろう。

それは彼女に会ってから、何度となく繰り返し感じた疑問。

普通なら、逃げる。反逆者の烙印を押され、相手はあの血も涙もない暴君。この国に留まっていたら、いずれ見つかり、殺される。それは火を見るより明らかだ。

(理解できない。どうして彼女は、この国に留まっているの？)

これまでだって疑問に思うことは多々あったけれど、今度のことは極めつけだった。彼女という人間が理解できない。理由はどうあれ、自分の視力を奪われるような目にあったら、相手を恨むか、恐れて逃げ出すかのどちらかだ。

なのに。

——ロザリンデ様。

——なぜ『陛下』のお名前を口にした？

彼女はまだ、ロザリンデを陛下と呼び、忠義を尽くしている。それがどうしてなのかまったく理解できない。

——二度と陛下の御名を口にするな。

あのときの態度は、まるで大切な人を馬鹿にされたときに身内が怒るような態度だった。

大切な人。

ジークフリーデにとって、ロザリンデは、それほどまでに大切な存在なの？

(なんだろう……変な気持ち)

胸を押さえる。

彼女がロザリンデとどういう関係だろうと、僕には何の関係もないはずなのに、

どうしてこんなに——

「──眠れないのか？」

ふいに、声がした。

ハッとして顔を上げると、ジークフリーデがこちらに顔を向けていた。

「き、君、起きてたの」

心を読まれたような気がして、なんだか返事がどもる。

「おまえには言っていない」

「へ？」

振り向くと、次の瞬間に扉が開いた。そこには小さな幼女が立っている。

(扉が開く前にどうして分かるの？)

ジークフリーデの不思議さは今に始まったことではないが、目が見えている僕よりも状況認識が早いとは。

それはさておき。

「リリーちゃん、どうしたの？」

「こわい……」

「え？」

「こわい、ゆめ、みた……」

リリーピアは涙目で言う。その体がブルブル震えているのは、恐怖のせいか、寒さのためか。

「……おいで」

僕は毛布を持ち上げ、布団を空ける。

「いいの？」

幼女は遠慮がちに尋ねる。

「もちろん」

僕が微笑むと、リリーピアはいそいそと布団に入り、僕に身を寄せてくる。可哀そうに、体が冷え切っている。

腕や肩をさすってやりながら、その小さな体を抱きしめてやる。「トーねえちゃん、あったかい……」と顔をこすりつけてくる。あー、なんて可愛い生き物。

リリーピアが僕の胸に顔を埋め、僕がその後頭部と背中を撫でてやる。しばらく二人でもぞもぞしていると、だいぶ毛布の中が温かくなる。

ふいに、リリーピアが言った。

「フリねえちゃんは？」

「え？」

「フリねえちゃんも、いっしょにはいる……」

幼女の視線は、壁際に座るジークフリーデのほうを向いている。

「これを使え」

眼帯の騎士は、自分の肩に羽織った毛布を摑むと、ふわりと投げた。それは僕たちの被る毛布に重なる。

「でも、それじゃフリねえちゃんがサムサムだよ」

「私は大丈夫だ」

「いっしょにねよ？」

「だから大丈夫だ」

「ぶー。フリねえちゃん、このまえも『やくそく』やぶった」

「約束？」

「リリーとあそんでくれるって、やくそくした。でも、やくそく、やぶった」

そう言えば……。僕は前にあった二人のやりとりを思い出す。

――じゃあフリねえちゃん、あとであそんでくれる？　おうた、いっしょにうたってくれる？

それにジークフリーデはこう答えた。「約束しよう」と。

「フリねえちゃん、やくそく、やぶった。うそつき」

「それは……」

「リリー、うそ、きらい」

ぷいっとリリーちゃんが背を向ける。

「ぬぅ……」

ジークフリーデは途端に困った顔になる。

（ほんと、この人は義理とか約束に弱いのね……）

前に、彼女が眼帯を外したとき。あのときも、彼女は僕の治癒魔術に『義理』を感じて、誰にも見せないだろう素顔を見せてくれた。暴君も国家権力も恐れないのに、こういう「やくそく」には弱い。

くすっとして、僕もちょっと便乗してみる。

「あら～、約束破ってリリーちゃんに嫌われちゃったね～。騎士道の風上にもおけないなあ～」

「き、貴様」

「リリーちゃん、ごめんね、あのおねえちゃんは約束守らないって～」

これ見よがしに当てつけると、ジークフリーデはバッと立ち上がった。

やばっ、挑発しすぎた……と思っていると、

「どうすればいい」

彼女はこちらまで歩いてくると、リリーピアの前で片膝をついた。なんだか幼女に忠誠を誓う騎士みたいでますます可笑しい。

だけどリリーピアもぐいぐい来る。

「おうた」

「え？」

「おうた、うたう、やくそく」

「ああ、そうだったな。でもこんな夜では……」

「いま、うたって。いまじゃなきゃ、や」幼女は騎士の腕をぐいと掴む。「おふとんで、こもりうた」

「だが、私はそういうのは……」

「はいはい、もう観念したら？　それともまた約束破るの？」僕は毛布を持ち上げ、彼女を招き入れるようにヒラヒラする。

「く……」

　顔をしかめると、彼女は「騎士に、二言なし……」とつぶやき、毛布に入ってくる。

「フリねえちゃん、ごつごつ、いたい」

「あ、すまん……」幼女に真面目に謝り、彼女は鎧を脱ぐ。その顔がまた真剣でさらに可笑しい。

　この結果、僕とリリーピア、そしてジークフリーデの三人が、同じ布団で寝ることになった。

今度はリリーピアがジークフリーデに抱きつき、僕がリリーピアの背中を温めてあげる格好になる。ただ、こうすると僕とジークフリーデの顔がかなり接近し、なんというか顔も胸もいろいろ近い。

背は僕より、少し高い。腕はやっぱり歴戦の騎士らしく、筋肉質だし、骨組みとか体型みたいなものが全体にすごくシャープな印象。一方で、出るところは出ており、胸や腰など女性らしい部位は豊かな曲線を描いている。大きな胸に思い切り顔を埋めているリリーピアがかなり気持ちよさそうで、ちょっと羨ましかったり。

「うふふ……。おねえちゃん、ふたりとも、あったか～い……」

「そうか。ならばもう寝ろ」

「こもりうた」

「え」

「こもりうた、やくそく。おうた、うたう、やくそく」

リリーピアは許してくれない。ジークフリーデは「ぐむ……だが私はそういうのがな……」と完全に翻弄されている。いいぞもっとやれ。

「どうしたの、歌わないの？」

知ってて煽る僕。

「おまえは耳を塞いでろ」

「あ、そういうこと言うんだ。じゃあいっしょに歌ってあげない」

「いっしょに歌って……くれるのか？」

ジークフリーデが急に態度を変える。偉そうな感じだったのが救いを求める口調になる。

「フリねえちゃん、はやく」

「あ、うん……では、ジェフが、いつも歌っていた、やつを……」彼女はウッ、ウウッン、と咳ばらいをして、それからやっと、

「よ～るの～、とばりに～、お～ほし～さまが～♪」

（うっわ……）

率直に言ってひどい。僕が思う『歌が下手』の基準をいきなりぶち抜いて来た。

「やまのはに～、かおを、かおを？」

歌詞もあやふやだ。

「かおを？」

僕に訊かれても困る。

そしてこのグダグダすぎる子守唄には、観衆から容赦のないダメ出しが入った。

「へたっぴ」

「ぐっ……」

ジークフリーデは急所でも突かれたように顔をしかめる。

「君、本当に歌が下手なんだ」

「仕方ないだろう。道場ではそんな鍛錬はなかった！」

「声大きいし」

「あ、すまん……」

彼女は途端に情けない顔になる。

もうちょっといじりたい気もしたが、そろそろ可哀そうかな。

だけどリリーピアはさらにぐいぐい行く。

「じゃあ、おうたはもういいから、ほかのこと、やって」

「ほ、他の？」

「ん～、そうだなあ」子供を育てるって大変だよなあ、ジェフさん偉いなあと思いながらなりゆきを見守る。「じゃあ、おはなし！　リリー、すごくおもしろいおはなし、ききたい」

すごくおもしろいおはなし。

たぶんこの世で一番困るお題だ。

当然、

「ぬ……」世界屈指の騎士はますます困った顔になる。「面白いお話……とは？」

「なんでもいいよ」

世界で一番困る返しが来る。

「団長の武勇伝『ヴァルプスブルグの奇跡』でもいいか？」

「ちょっと、それ戦争の話でしょ」

「この戦闘は、敵の指揮官が卑劣漢でな……。まだ幼い君主を置き去りにし、自分だけ逃げた挙句に、自軍の兵舎に火を放つようなクズだったのだ。だから私がパルドルフと斬り込んで叩き斬ってやった話なんだが……」

「子供になんて話を聞かせるのよ」

血なまぐさいにもほどがある。

「じゃあ、ベラノイア高所の攻略戦は……」

「君、話のレパートリー狭すぎない？」

「生まれてこのかた戦場しか知らんのだ、仕方なかろう」

「ホントこのお姉ちゃんはポンコツですねぇ～リリーちゃん？」

僕がリリーピアを背中から抱きしめる。幼女は「ぽんこつってなあに？」とのけぞるようにこちらを見る。

「役立たずって意味よ」

「おい、子供に変なことを吹き込むな」

「君に言われたくない」

ぴしゃりとやると、ジークフリーデは「ぬぬ」と口をつぐむ。それから唇をとがらせて、

「ふん……」とそっぽを向いた。その拗ねた顔が、年齢よりもぐっと幼く見える。恥ずかしさ

のためか頬もやや赤く、彼女のこんな表情は初めて見る。

まあでもそろそろ助け船を出してしんぜよう。

「リリーちゃん、代わりにお姉ちゃんが『おはなし』してあげよっか？」

「ほんとう？」

リリーピアが目を輝かせる。

「お姉ちゃん、これでも世界中を旅して回ってるからね。特にリリーちゃんくらいの年のころは、お父さんと商船に乗って海を幾度も渡った」

「へえ」

「だから世界中の面白い話や、土地に伝わるお伽噺（とぎばなし）とかも知ってるよ」

「すごーい」

瞳をキラキラさせて、リリーが僕を褒めたたえる。ちらりとジークフリーデを見ると、まだ唇をとがらせている。本当に子供みたいだ。

「これはね、遠い昔の、遠い国のお話――」

【ふたりのおうさま】

　その国はね、とても、とても、けちんぼな王様がいたの。自分だけ、ぜいたくな暮らしをしていて、みんなはいつもお腹ぺこぺこだった。（なんでみんなはぺこぺこなの？）あー、それはね、『年貢』って分かる？　そう、それ。王様が、みんなから『年貢』をいっぱい取ったから、みんなは食べるものがなくて、お腹ぺこぺこだった。だからみんな、王様のことが嫌いだったの。

　でもね、そんなある日、王様にとんでもないことが起きるの。（とんでもないこと？）そう、すごく、すごく、とんでもないこと。それはね、王様のことを、天国から、『神様』がじーっと見ていて、『この王様を懲らしめてやろう』と思ったの。それで神様は、王様に天罰を下した。エイッて神様が杖を振るうと、『王様』が、なんと『ふたり』になったの。

　片方が『良い王様』――これは、王様の良い心だけで作られた王様。

　もう片方が『悪い王様』――これは、王様の悪い心だけで作られた王様。

　それで神様は、『良い王様』だけをお城に残して、『悪い王様』を、お城の外に放り出した。

王様は、ボロボロの格好で、王国の外、遠い遠い森まで飛ばされてしまったの。

さあ大変！　悪い王様は、お城の外に今まで出たことがありません。寒いし、お腹も空いたし、帰り道も分からない。王様は仕方なく、森の中を歩いて、歩き続けて、お腹が減ったけど、食べ物はどこにもなくて、そのへんになっている木の実をかじったけど、苦くて、渋くて、とても駄目だった。そのうち、木の枝とかで、一枚しかない布も破けて、半分くらい裸で、何日も、何日も、裸足で森を歩いた。でも、やっぱり食べ物は見つからなくて、王様はそのうち疲れて、その場に倒れ込んだの。

（おうさま、しんじゃうの？）そのままなら死んじゃったかもしれないね。でもね、王様は運が良かった。ほんの少しだけ、神様がお慈悲をくれたのか、そこにね、翌朝、一人の『木こり』が通りかかったの。そして、倒れている王様を見て、その木こりは、自分の山小屋に運んであげたの。

王様は、粗末な布団で眠った。でもそれは、すごく暖かくて、ありがたかった。二日くらい、ずっと眠ったあとに、起きると、木こりは、優しく笑って、山菜と、キノコと、少しだけ兎の肉が入ったスープをくれたの。王様はそれを夢中で食べて、それから、そのあまりの美味しさに、おいおいと泣いたの。ぼろぼろに涙と、鼻水を垂らして、おいおい、おいおいと泣いたの。

（おうさま、どうしてないたの？）どうしてかなぁ。たぶん、木こりの優しさに感動したのと、あと自分の情けなさとか、そういうのもあったかな。

ひとしきり泣いたあと、王様は、木こりに『褒美』を取らそうと思った。でも、王様が持っているのは、ボロきれのような、今着ている布地だけ。だから王様は言ったの。自分にできることはないか、って。そしたら木こりはこう言った。

「何もいりません。ただ、早く元気になって下さい。それだけが私の望みです」

それを聞いた王様はね、本当に、本当に、びっくりしたの。そんなふうに、褒美も、報酬も、地位も、何の見返りもなく、自分のことを助けてくれる人がいるなんて、初めてのことだったから。ただ、そのあと木こりはね、ぽつりとこう言ったの。でも、一つだけ、困っていることがあるって。王様は聞いた。それはなんだ、力になろうって。そうしたらね、木こりはこんなことを言ったの。最近、木材商人に聞いた話では、王国内で人々の不満が高まっている。王様に対して反乱を起こそうっていう人々がいっぱい集まっている。でも、そんなことをしたら、ものすごい戦争になって、たくさんの人が死ぬ。だから、どうにかして戦争を起こさない方法はないかって。木こりは、その昔に戦争で家族や友人をたくさん亡くして、だから今は一人で森の中にこもって生活していたの。

王様は考えた。

「戦争を起こさないためにはどうすればいいんだろう?」

「どうしてみんな、反乱を起こそうとしているんだろう?」

「どうしてみんな、そんなに貧乏なんだろう?」


そして王様は、答えに気づいた。

(おうさまのせい?) そうだね、リリーピアは賢い子だね。そのとおり、王様が、悪い政治をして、みんなからたくさんの年貢を搾り取ったから、みんなお腹ペコペコになって、王様に怒っていたの。王国は、今は良い王様によって治められていたけど、これまでやった悪いことは消えないから、みんなはまだまだ貧乏で、苦しい生活で、王様を恨んでいた。だから反乱が起きそうになっていたのね。

王様は、木こりに別れを告げて、久しぶりに山を下りて、王国に戻った。お城に戻ると、そこには『良い王様』が待っていて、『悪い王様』のほうは、ひとつの提案をしたの。どうすれば、この国をよくできるのか。ひとつだけ、良い方法があるって。

そして、悪い王様は、良い王様といっしょに、お城の外に出た。すると、お城の外には、噂を聞きつけた人々がいっぱい詰めかけてきて、そこに良い王様と悪い王様が、二人同時に登場するの。でもね、このときすでに、良い王様は、縄で縛られて、その縄を悪い王様が握っているの。(なんで? ねぇなんで?) それはねリリー、こういうことなんだ。悪い王様は、良い王様を縄で引きずりながら、みんなにこう叫ぶの。

「『私』は悪い王様だ！」

「今までこの国で悪さをしていたのは、全部『私』だ！」

「『私』が年貢を重くして、おまえたちから搾り取って、贅沢な暮らしをしてきたのだ！」

「どうだ、貧乏人どもめ、悔しいか！『私』が憎いか！」


そうしたらね、最初はポカーンとしていた人々も、だんだんと腹が立ってきた。そして、石が飛んできた。石は、王様の体に、ゴツン、ゴツン、って当たったた。でもね、王様はそれを避けようとも、防ごうともせず、ただ、その場に立って、石を浴び続けた。（どうして？）それはね、王様がそうしようと思ったからなんだ。町の人たちが怒っているのは、自分が悪いことをしたせいなんだから、自分が怒られるのは仕方ないって、そう思ったの。だから王様は、ゴツン、ゴツンと石を受けて、だんだん血だらけ、あざだらけになりながら、最後に、

「王国万歳！」

って叫んで、ばったり倒れた。そして、みんなは真実に気づくの。今まで悪い政治をしてき

たのは、いま死んだ『悪い王様』のほうで、こっちの縛られているほうが『良い王様』だ——ってね。そして、人々は『良い王様』のことを応援するようになって、王国は反乱も収まり、年貢(ねんぐ)の少ない、とても住みやすい国に変わっていったの。

……あ、もう眠い？　じゃあ続きは明日ね——

3

「ふわぁ……」

明け方、目が覚める。毛布の中を見ると、リリーピアがすやすやと僕の胸に顔を埋めて眠っていた。

同衾者を起こさぬように、そっと小さな体を離すと、僕はリリーピアに毛布を掛け直す。

振り返ると、壁際の定位置にジークフリーデが座っていた。鎧を着て、布団に入る前と同じ姿勢で長剣を携えている。

「結局、そこで寝るんだ」

「これ以外は落ち着かなくてな」

息が口元を白く染めて、室内の寒さを物語る。しかし彼女は自分の毛布を僕とリリーピアに譲ったままで、平然とそこに鎮座している。

（そうだ、厠だった）

僕は部屋を出て、短い廊下を進み、外に出る。空はまだ暗く、曇り空なのか星は良く見えない。「おー、さぶさぶ～」身が切れそうな冷気の中、厠で用を足し、急いで家の中に戻る。手前の部屋にはジェフがいびきを掻いており、隣にある小さな毛布はリリーピアが抜け出したあとだろう。

ジェフを起こさぬように、使ってないその毛布を拝借する。それからまた元の部屋に戻ると、

「はい、これ」

僕は小さな毛布を差し出す。

「必要ない。おまえたちで使え」

「ううん、僕は布団で寝るから平気。君こそ、風邪でも引いたらリリーちゃんが責任を感じるよ」

「ぬ……」

彼女は険しい顔になると、毛布を受け取り、自分の肩に羽織る。なんとなく、この少女の動かし方を心得る。彼女は我が身を顧みず、他人のためにこそ動く。自分のためなら毛布を受け取らないが、リリーピアのためという理由があれば毛布を受け取るのだ。

（律義というか、堅物というか……）

彼女が毛布を羽織るのを見届けたあと、僕も寒さから逃げるようにリリーピアの隣に潜り込む。すると幼女がまたぴとりと僕にくっついてきた。ぬくい。柔らかい。

温かな布団の中で、もうひと眠りしようかなと思っていると、

「——何故に」

声が聞こえた。

「おまえは旅をしている。魔術師（メルルーシ）」

「その『魔術師（メルルーシ）』って呼び方、ちょっと。オットーでいいよ」

「何故におまえは旅をする。この国に足を踏み入れた目的は」

彼女から質問してくるのは珍しかった。呼び名のことはさらりとスルーされたけど。

「前も少し話したかもだけど」

僕はリリーピアを起こさぬように、低い声で伝える。

「僕、珍しい魔術を集めてるんだ」

「……そうだったな」

彼女は静かに答える。今は眼帯がうつむいている。

「僕の魔術の師匠、キュリオス・ル・ムーンって言うんだけど」

「どこかで聞いた名だな」

「けっこう前に、この国で宮廷魔術師をしていたみたい」

「おそらく私が王宮親衛隊長になる前の話だな」

「そうかも。本人もずいぶん前に『都落ち』したって自分で言ってたし。……お師匠様は、魔術の没落した現状を憂いて、すべての魔術を保存しようと考えていた。魔術って、伝統工芸といっしょで一度失われるとなかなか復活できないから。でも、途中で体を壊して……」

――大魔術典（ラ・メルディア）を完成させよ。

お師匠様が亡(な)くなったあとは、僕は諸国を旅して、珍しい魔術を片っ端から集めた。大魔術典(ラ・メルディア)には各章にそれぞれ『空白』のページがあり、それはお師匠様が存在を知りながら収集を果たせなかったことを意味する。だから僕は集めた。

苦難の連続だった。何度死にかけたか知れないし、極寒の海も灼熱(しゃくねつ)の地も越えた。生き残ってこれたのは師匠が厳しく仕込んでくれたおかげだ。グラスドーラの樹海で毒蛇に噛(か)まれたときや（これは左足が丸太のように腫れ上がり、三日三晩悶(もだ)え苦(くる)しんだ。死ぬかと思った）、ナーヴァル砂漠で遭難したとき（これは十三日間も飲まず食わずで砂漠を歩き、オアシスの幻覚を百回は見た。死ぬかと思った）、あと……とにかく数えきれないほどの危機にあったが、どうにか得意の治癒魔術と、あとは神様の気まぐれで生き残ってきた。そしてこの地――西の果ての大国リーベルヴァインにたどりついた。お師匠様の所縁(ゆかり)の地でありながら後回しになってしまったのは、この国がいささか辺境にあることと、海の向こうに渡るのが大変だったせいだ。

「亡(な)き師との、約束か……」

一通り話すと、彼女は何かを思い出すようにつぶやいた。

「うん。だから大魔術典(ラ・メルディア)の編纂(へんさん)は、僕にとっても夢なんだ」

「夢？」

「魔術はね、平等なんだ。力のない者も、貧しい者も、魔術を身につければ身を立てられるし、生きていける。よく剣術や医術に比べて、魔術が落ちぶれたって言われるけど、僕はまだまだ可能性があると思っている。いつか故郷に帰って、貧しい子供たちに無償で魔術を教える学校をつくるのが夢なんだ。特に治癒系の魔術は多くの人命を救える」

「………」

彼女は黙って聞いている。呆(あき)れているのか、それとも多少は理解してくれているのか。教会の貧しい子供たちに食料を施していた彼女なら、少しは分かってくれる気がした。

「それに、僕の見立てでは、いつか必ずまた魔術が世界に求められるときがくる」それは希望的観測だが、強い信念でもあった。「今は反魔素材(グリゼルダ)によって魔術が無力化されているけれど、その攻略法を見つける者がいずれ必ず出てくる。そのときに、魔術をきちんと修めている者たちがいなければ、魔術を悪用する者に対抗することができない。だからこそ、大魔術典(ラ・メルディア)の編纂(へんさん)は、魔術を嗜(たしな)む者にとって、人類と歴史に対する義務なんだ」

そこで一息入れる。

「……君にとっては、つまらない話だったかもね。寝ようか」

「だからおまえは」

そこでジークフリーデが口を開いた。

「私の『眼(め)』のことを気にかけるのか。亡(な)き師の追い求めた魔術かもしれない、と」

「あ、うん。そういうこと」

最初はそうだったけど、今はもうそれだけじゃなかった。

君のことが知りたい。

……なんて言葉は恥ずかしいから絶対に口にしないけど。

「正直に言えば――」

物静かな騎士は、眼帯を指先でなぞるように触って答える。

「私には、『これ』がいったい何なのか分からない」

それは彼女にしては珍しい、自分の過去に関する話だった。

「視力を失ってから、しばらくは闇だった。当然だ、眼球を切り裂かれたのだからな。……光を失った私は、闇の中をただただ彷徨(さまよ)った。泥水をすすり、草の根をかじり、それでも生き延びた。死ぬわけにはいかなかった」

「……苦労したんだね」

言ったあと、苦労という言葉を使った自分を恥じる。そんな言葉で片づけられるほど、少女の半生はきっと生易しいものではない。

「ひたすらに闇の中を彷徨(さまよ)い、生き延びたら、あるとき――『変化』が起きた」

「変化？」

「見えるようになった」

「え？」

「見える、という表現は適切ではないかもしれない。『感じる』というほうが近いか。とにかくあるとき、急に、周囲の物事が判別できるようになった。そこに何があって、誰がいて、どう動いて——そうしたことが分かるようになった」

「目、見えるの？」

「見えない」

「じゃあなぜ……」

「あくまで『感じる』だけだ。今、おまえのことも、見えはしないが、なぜか分かる。おまえが今、右の手のひらで、左手の甲をなぞっていることや、前髪が目元でほつれていることなど、手に取るように分かる」

今更だが、ちょっと驚く。慌てて前髪を触ると、確かにほつれている。

「視覚以外で、感じ取っているということ？」

「そういうことになる」

どういうことやねん。

説明を聞いてもさっぱり分からない。『視覚』ではなく、何か超常的な『感覚』で周囲を把握しているということなのか。確かにそういう話は聞いたことはあるけど、ファーレンベルガーやらイザベラやら、あれほどの騎士たちと互角に打ち合った事実がまるで説明できない。少し勘が鋭くなったとか、耳が良くなったとか、そういうレベルの話ではないのだ。僕が未知の魔術ではないかと疑ってきたのもそういう理由からだ。

「これが魔術なのかどうか、私には分からない」

僕の疑問を察したように、彼女は続ける。

「自分で魔術を使っているという自覚もなければ、私が魔術を嗜んだこともない。私にできることと言えば、せいぜい剣術と馬術くらいのものだ」

彼女は自嘲気味に笑う。

少し表情が柔らかくなったのが、僕に少し気を許してくれているようで嬉しかった。

「訊いてもいい？」

「なんだ」

「君が、光を失い……、泥水をすすってでも生き延びた理由って、何？　どうしてそこまでして、この国に留まるの？」

（あの女王のため？）

最も訊きたい言葉を、あえて飲み込む。彼女の逆鱗に触れたくなかったのもあるが、今の穏やかな空気を壊したくなかった。

「それが騎士道だ」

即答だった。だけどそれは、答えであって、答えでない気がした。

本当の理由は、もっと奥にある。そのことを僕はもう気づいている。

「もしかして……」

だから、遠回しに尋ねた。

「それって、悪い王様のため？」

一瞬、ぴんと空気が張り詰めたような、かすかな沈黙があった。彼女が小さく唇を噛んだのが分かる。

また怒られるだろうか、と思ったとき、空気が震えた。

「──単純に、悪い王様で、あったなら」

それはとても、哀しげな声で、

「いっそ、どんなに良かったであろう」このときの彼女の顔は、ああ、なんて言ったらいいだろう──ひどく苦しそうで、切なそうで、そう、なんだか、叶わぬ初恋に身を焦がす少女のように──

「これから……」

気づけば、また胸を押さえている。

「どうするつもり？」

「……？」

質問の意味が伝わりにくかったのか、彼女は首を傾げる。

「ええと」

言葉を選びながら、補足する。

「その、今は……国から追われてるよね。だけど君は、ずっとこの国にいて……」

「ああ」

こちらの意を察したように、彼女は答える。

「私は——」

光なき孤高の騎士は、静かに目を伏せ、それから、天井を見上げた。そこに自分の気持ちの答えが書いてあるかのように、闇の中に眼帯越しの視線を彷徨(さまよ)わせたあと、

「終わりにする」

「え？」

彼女は僕ではなく、自問自答のように、

「次に陛下とお会いした、そのときには——」

そう答えた彼女の手には、長剣が握られ、それは闇夜にギラリと光った。

「幕を下ろす。——この手で」

明け方、彼女は姿を消していた。

4

それからしばらくは、穏やかな日々が続いた。

ジークフリーデが姿を消したことについては、それほど驚きはなく、ジェフの話ではまた城下町を回りながら貧しい子たちのために食料を届けているのだろう、ということだった。あの光なき孤高の騎士は、そうやって弱き者のためにその身を捧げてきたし、これからもそうするのだろう。それが彼女の進む道——騎士道なのだということを、僕は理解しつつあった。

——幕を下ろす。

あの言葉の意味を、あれからずっと考えている。思い浮かぶのは、どれも不穏な想像ばかりで、それはジェフに尋ねても、哀しげに首を振るだけで答えはない。

反逆の騎士ジークフリーデ。

希代の暴君ロザリンデ。

この二人の間に決着がつくとするならば、それはきっと——

「フリねえちゃんと、もっとあそびたかったー」

その日。

朝食を終えたあとに、ぼやくようにリリーピアがつぶやいた。

すでにジークフリーデが姿を消し、十日ほどが経っている。

「また、戻ってくるよ」

「いつー？」

「それは……いい子にしてれば、そのうち。きっと」

僕は桶の水に食器を沈めながら、自身に言い聞かせるように答えを絞り出す。だが一方で、もしかすると彼女はすべてに決着をつけるべく、幕を下ろしに行ったのではないか……そんな懸念もよぎる。

——そう、また会える。きっと会える。

胸騒ぎがするのは、なぜだろうか。

思いつめた彼女の横顔が、瞼に浮かんでは消える。

（まさか、このまま今生の別れってことは……ないよね）

「ねえねえ、きょうはなにする？」

「あ、うん……天気も良いし、お外で遊ぶ？」

「やったー、おそとー」

リリーピアの無邪気な反応に、今は癒される。

（そうだ、考えても仕方ない。自分のできることをしよう）

そんなふうに前向きに切り替える。考えてみれば、こんな遠い異国の地で、ジェフの家という安心できる場所が得られて、明るいリリーピアと毎日を過ごせるのは、幸運以外の何物でもなかった。入国当初は公開処刑だの謝肉祭（カルネム）だの、なんてところに来てしまったのだろうと後悔する気持ちもあったが、今はそんな気持ちも薄らぎつつあった。

彼女とは、いずれまた会える。あの『眼（め）』の秘密も、そして彼女自身のことも、まだ何も確たることは分かっていないけれど、いずれ時間が解決していくのではないか。僕と彼女の距離がもう少し縮まれば、彼女もその胸の秘密を打ち明けてくれる日も来るのではないか。すべては僕の希望に過ぎなかったが、最後に話した晩にはいろいろ突っ込んだ話もできたし、それはあり得ないことではない気がした。

「トーねえちゃん、どこで遊ぶー？」

「ご近所だけだよ」

「えー」

「今は危ないからね。……いろいろ」

ジークフリーデは反逆罪で追われているし、彼女を匿（かくま）っていたこの家も決して安全ではない。城下町からだいぶ離れた場所にあるし、貧民街でもかなりはずれではあるので、ばったり騎士団や親衛隊に出くわすこともないだろうが、用心に越したことはない。外出するときにいつも顔を布で覆っているのはそのためだ。

　こうやって、ジェフやリリーピアと穏やかに暮らしていれば、また『彼女』に会える。この間の『襲撃』の一件もあるし、今は大人しくしているのがいいだろう――

　そんな考えが甘かったことを、僕は次の瞬間に思い知らされる。


「あっ……！」

　玄関のあたりから、リリーピアの叫び声が聞こえた。「どうしたの～？」と声をかけると、向こうからはこんな返事があった。

「へいたいさん！」

（……？　へいたいさん？）

　ふいに胸騒ぎがして、「リリーピア？」と僕は洗い物の手を止めて玄関まで歩く。

　そこには。

「あ……、あぁ……」

　玄関前に広がる光景に、僕は愕然とする。道を埋め尽くすように、武装した兵士の集団がずらりと並び、その数は視界に入るだけで数十名――いや百はくだらない。「リリーピア、駄目！」僕は玄関に立つ幼女を背中から抱くようにして下がらせる。「何事じゃ……!?」とジェフが廊下から顔を出す。

「動くな！」

野太い叫び声が飛ぶ。見れば、兵士たちはこちらに向けて弓矢を構えており、僕は硬直する。

そして、白馬に乗った人物が、隊列からわずかに馬を前に進ませて、

「偉大なる国王陛下に逆らう反逆者ども……！　ただちに投降せよ！」

見覚えのある赤髪の少女騎士が、僕たちに剣の切っ先を向け、物々しい国旗を背景に叫んだ。

「これは王命である！」

【memories】──イザベラ・バルテリンク

「私と、勝負してください。──団長の座を懸けて」

　その申し出をしたのは、王宮の花園の前だった。

「イザベラ、急になんだ。王宮内であるぞ」

「非礼を承知で申し上げます」

　このとき、先輩は王女付きの親衛隊長という大任にあり、私は騎士団の副団長という身分だった。ファーレンベルガー団長の後任を巡り、次期騎士団長候補は事実上、私と先輩の二人に絞られていた。それほど私の実力も、そして先輩の実力も突出していた。先輩の鬼神のごとき強さは相変わらずだったが、私も血の滲む修行と、長らく先輩の練習相手をしてきたこともあり、先輩に決して引けを取らない実力を身につけていた。立ち合い稽古でも、何本かに一本は私が取った。かつては天頂の星のごとくはるかな高みにいた先輩の背中が、今は手の届くところまで来ていた──少なくとも私はそう思っていた。

「次期団長は陛下が自ら任命される。不敬であるぞイザベラ」

「ですが、騎士団では代々、最強の人物が騎士団長に任命されてきました。それがリーベルヴァイン王国の習わしです」

「何が言いたい」

「私と先輩、どちらか勝ったほうが新しい騎士団長。それでいかがですか？」

「……だから勝負か」

「はい」

無礼なことは承知の上で、それでもこれしかなかった。

私は先輩の背中に追いつくために、これまで剣術に身を捧げてきた。先輩が騎士団長になり、ロザリンデ殿下が正式に国王にご即位されれば、もう私の立ち入る余地はなくなる。国王の右腕に勝負を持ちかけるなど反逆罪に問われかねない。

だが、今なら――次期団長の座を懸けた一騎打ちという、騎士団の伝統にも則った大義があるならば、それは可能だった。

「イザベラ、貴殿はそれほど騎士団長になりたいのか」

「はい」

「……意外だな。肩書や職位にこだわる人物とは思わなかった」

「幻滅されてもかまいません。ですが、先輩との勝負は避けて通れぬ道なのです」

「…………」

それは方便だった。私は騎士団長の座に、憧れはあっても執着はなかった。私が最も執着したのは先輩――ジークフリーデ・クリューガーその人だった。彼女に追いつくために、その背中を追って来た。そして、今がその背中に追いつく、最初にして最後のチャンスだった。

「団の伝統に則る一騎打ちというわけか」

「そうです」

「命を懸けることになるぞ」

「望むところです。これは、私の騎士としての誇りを懸けた真剣勝負です」

「…………」

先輩が、騎士道や誇りを重んずる性格であることは、いっしょに過ごした数年の歳月で痛いほどよく分かっていた。だからこその申し出だった。

「よかろう」

先輩が向き直る。

そして私は、すっと胸に手を当てた。

「我こそはリーベルヴァイン王国騎士団副団長、イザベラ・バルテリンク。一騎打ちの誓い、騎士の誇りに懸けて申し込む」

「我こそはリーベルヴァイン王宮親衛隊長、ジークフリーデ・クリューガー。貴殿との一騎打ち、騎士の誇りに懸けて承知した」

それは、先輩との、初めての一騎打ちだった。稽古でも、練習試合でも、木刀でも竹刀でもない、真剣を使った本物の立ち合い。

私が生涯を懸けて夢見てきた、先輩との魂の闘い。

「時と場は」

「時は次の満月、場はクリューガー道場、立会人はファーレンベルガー団長でいかがでしょう」

「委細承知」

他の誰かが見れば、騎士団の跡目争いの内紛あるいは権力闘争。だが、私にとっては、夢にまで見た、人生最高の晴れ舞台。

「先輩、首を洗って待っていてくださいね」

冗談めかした挑発をすると、

「ふん。言うようになったな。――楽しみにしている」

(あ……)

そのとき先輩は、ふっと、口元に微笑を浮かべた。

その笑顔が、なんだかとても楽しげで、私は、もしかしたら先輩も、私とのこういう日を待ち望んでいたのではないか――そんな自分勝手な妄想を膨らませ、その晩は自室に帰って、興奮で眠れなかった。先輩、先輩、先輩！　ああ、私の先輩、私だけの先輩!!

私たちは戦う。そして私は先輩の瞳に映り、そしてついに私は先輩と――

だが、その誓いは、果たされることはなかった。

約束の満月の晩。
私はずっと、道場で先輩を待ち続けた。
だが、先輩は現れなかった。月が昇り、傾き、見えなくなっても、現れなかった。
夜が明けたころ、早馬が火急の報せ(しら)を届けた。
——ジークフリーデ・クリューガー、反逆の罪にて逃走。

あの日、先輩は、私を捨てた。

第四章　慈悲深き聖女(バルムヘルツィヒ)

1

（……ッ）

冷たいものが、頬に当たり、僕は目を覚ます。

顔を拭おうとして、腕が動かないことに気づく。両の手首には太い金属製の物体。足首にも重い金属製のリングが嵌(は)められている。それらが手枷(てかせ)と足枷(あしかせ)であることは考えずとも分かる。

——これは王命である！

昨日、突如としてイザベラ率いる軍隊に囲まれた僕たちは、その場で捕縛された。罪名は反逆罪。逃げようにも家全体が兵士たちに包囲されており（完全に僕たちを狙って逮捕に来たのだ）、もはや大人しく投降するほかはなかった。リリーピアだけでも見逃してもらおうと懇願したが、「王命である！」の一言でまったく聞き入れてもらえずに、こうして投獄されている。

（みんなはどこに……？）

冷たくかび臭い牢獄(ろうごく)の床に頬をつけながら、周囲を窺(うかが)う。顔の横に張り付いていた眼鏡をどうにか掛け直すが、蠟燭の一本もない部屋はあまりにも暗くて、しばらく目が慣れるのに時間がかかる。やがて、うっすらと見えたのは金属製の檻と、その向こうに見える他の牢獄らしき檻だったが、そこに囚人はいないようだった。得体の知れない血糊のようなものが床にもべったりと付いており、腐った動物の死骸のような異臭がした。

「くっ……」

重い手枷を床にこすり付けるようにしながら移動し、どうにか体を起こす。足枷が床に擦れるとギーッと嫌な音がして、うっ血した足がひどく痺れた。どれくらい気を失っていたのだろう。兵士たちに乱暴に馬に乗せられ、そのまま連行されたのは覚えているが、どこをどう通ってここまで運ばれたのかはうまく思い出せない。記憶もひどく朧気で、体が冷え切って頭痛がする。要するに最悪の気分。

（寒い……）

震える体を温めるべく、「温気！」と唱える。しかし、魔術は発動した瞬間に光の粒となり、霧散する。

やはり……。分かってはいたが、暗澹たる気持ちになる。反魔素材で作られた手枷と足枷により魔力が吸収される。僕が魔術師であると知っての仕打ちだ。

不気味なほど静かだった。

他の囚人も、見張りの兵士もいないのか、ぴちょんと水が落ちる音以外は何も聞こえない。

リリーピアとジェフが心配だったが、まさか幼女と老人にそこまでひどい仕打ちはしないだろう——などと一瞬考えるが、それはすぐに打ち消される。

——ハハハアハハハハハッアハハハハアッハハハ……!!!!

この国に来て最初に目撃した凄惨な光景。女王自らが手を下した公開処刑は、糸を引いて落ちる生首とともに瞼に焼き付いている。

殺される。このままここにいたら、きっと殺される。

あの恐ろしい形相の暴君ロザリンデに。

(逃げなければ……!)

そう気持ちは焦るが、現実は非情だ。今の僕は手枷と足枷で這いつくばることが精いっぱいで、どうにか立ったとしてもまともに歩けるとは思えない。

途方に暮れていたときだった。

ふいに、音がした。

「……?」

それは重い金属が擦れるような、ギイィッ、という音。どこかの扉が開いて、それが閉まる音というのはなんとなく分かった。

　それから、コツコツと足音が響いた。誰かが牢獄（ろうごく）の通路を歩いているのは分かる。足音は複数。明かりのようなものが近づいてくる。

（う……）

　やがて、そこには複数の人影が現れた。ランプの明かりに照らされた姿が大小のシルエットのように『彼ら』を浮かび上がらせる。人数は二人。

　一人は大柄な男。スキンヘッドで、かなり肥満体の男性。顔には刺青とも火傷（やけど）ともつかぬシミが見える。

　その隣には細くて痩せこけた男。まとった服には王国の紋章が刻んであり、看守というよりも王宮の官吏っぽく見える。

「魔術師（メルルーシ）、名は？」

「…………」

　やや方言交じりのフィングレス語で官吏から尋ねられるが、僕は答えない。

「ジークフリーデ・クリューガーを知っているな？」

「…………」

「答えぬと痛い目を見ることになる。ラムダ・ジェフスキーとはどういう関係なんだ？」

　僕はあくまで黙秘を貫く。みんなの情報を売る気はない。もっとも、出会って日が浅いから大した情報は知らないけど。

「みんなは無事なの？　あの子は――」

「質問するのはこちらだ」官吏は低い声で僕の言葉を遮る。「クリューガーの居場所を吐け。立ち寄りそうな場所や、関係する人物の名前でもかまわん」

（やはりジークフリーデが狙いなんだ……）

僕自身のことよりも、ひたすらあの眼帯の騎士のことを尋ねてくる。僕は黙ったまま、相手の腰にある鍵束のようなものをじっと見つめる。あれが手に入ればここを出られる。でも相手は二人で、こちらは手枷足枷（てかせあしかせ）を付けた上に魔術も使えない。考えろ、考えるんだオットー。お師匠様にも言われたじゃない、『魔術を使えないときこそ魔術師（メルルーシ）の正念場だ』って。

だが、起死回生の策などそうそう浮かぶはずもなく。

「……いいだろう。たっぷり後悔するんだな」

そう言うと、官吏は「まだ殺すなよ」と肥満男に一本の鍵を渡し、その場を後にした。ランプの光が遠ざかり、その場には肥満男だけが残る。

「うへ、へへへ、おめえ、いくつだぁ……わけぇ子、オラ、だいすき……」

よだれを垂らした肥満男が、扉に手を掛ける。カチャカチャと鍵を錠前に入れる。

（ちょ、なに、なんでこいつだけ残ってるの……!?）

考える間もなく、ギィと牢（ろう）の扉が開き、のっそりと大男が入ってくる。

「な、な、なに……!?」

質問しながら、もう気づいている。これは、その、あれだ。

「へへぇへへへ、おめ、めんこいかお、してんなぁ……」

褒められても嬉しくない。てか、まずい、これ、大ピンチ……！

僕は立ち上がって男の側面に回り込もうとするが、「おおっ、逃げちゃぁダメだぁ～」と壁のような巨体に行く手を阻まれる。足枷のせいで早く動けない。今なら牢が開いているのに
……！

「つーかまぇたぁ～！」

肥満男が僕の手首をぐっと摑む。「いやっ、放してっ」と叫ぶ声が牢獄内で反響するが、それは男の情欲を掻き立てるだけだった。「おめ、声も、めんこいなぁ……！」と男は僕を壁に押し付ける。生臭い息が顔に掛かり、脂ぎった手が僕の肩を押さえつける。もがいてみるが、相手の力が強すぎて万力のようだ。

「ほんとうは、ゴーモン、しなきゃ、ならんけどぉ」男は鼻毛の伸び切った鼻で、僕の匂いを嗅ぎながら言う。「おめ、めんこいから、爪とか、皮とか剝ぐ前に、かわいがってやるよぉ」

「やだ、やだ、誰があんたなんかぁ！」

ジタバタともがくが、男はびくともしない。

「じゃあ、ふく、ぬぎぬぎしようかぁ……」

「おねがい、やめて……」

やだ、やだ、やだやだ。こんなの……。

泣きそうになりながら、心に浮かんだのはなぜかジークフリーデの顔だった。でも彼女はここにはいない。

やがて、僕は力任せに床に倒され、そこに男が覆いかぶさる。下半身に男の尻が乗ると、圧迫感と不快感で吐きそうになる。

男の手が、僕の胸を触り、そのまま服を引き裂く。僕の胸が露出する。

「うぅ〜！」

助けて、誰か、助け——

そのときだ。

首が飛んだ。

（——!?）

僕の体に覆いかぶさっていた巨体から、まるでそういう仕掛けの人形のごとく、ポーンと生首が飛んだ。首から鮮血が噴き上がり、それは牢獄の天井を一気に濡らしてから雨のように落ちてくる。男が横倒しになると、僕の体は軽くなり、その代わりに鉄臭さが充満した。

「え、え……？」

事態が理解できないまま、暗闇に目を凝らす。

そこには一人の人物が立っていた。

雄々しい銀髪に、暗闇の中でも分かる荘厳な鎧、鋭い眼光。

僕はこの人を知っている。

「ファーレンベルガー……」

「…………」

そこにいたのは、生きながら伝説と謳われる隻腕の老騎士だった。長剣を振ると、刀身から血液が床に飛び、風圧で僕の髪の毛が舞い上がった。肥満男はびくびくと痙攣しながら首の切断面から血を吐き出し続けている。

（なぜ？）

助かった、という安堵よりも先に疑問が湧く。なぜファーレンベルガーがここにいるのか。

なぜ僕を助けたのか？

「どうして僕を助けるの？」

「騎士道ゆえ」

そう短く答えると、伝説の老騎士は、険しい顔でこう告げた。

「陛下がお呼びだ」

2

煌びやかなシャンデリアに、敷き詰められた絨毯、どこを見ても華美な内装。他とは別格の広さと豪華さ。

「頭が高いぞ」

隣にいる赤髪の少女騎士が、僕の首を剣の鞘でグイッと押さえる。乱暴だが、今はにらみつける気も起きず、ただただこれから起きることが不安で仕方ない。

——陛下がお呼びだ。

ファーレンベルガーはそう言い残し、牢から去っていった。それからしばらくして、看守らしい男がやってきて、僕を牢から連れ出した。牢獄は地下にあるのか、廊下は湿っぽく、他にも多くの囚人らしき者が檻の中で力なく項垂れていた。ただ、別室に案内されるまでの間に、リリーピアもジェフも見当たらなかった。

苔むした階段を上らされ、久しぶりに出た地上の世界は夕闇だった。それでも僕には眩しくて、しばらく目が慣れるのに難儀した。お城が想像以上に近くにあり、それを横目に見ながら数名の兵士とともに離れのような部屋に連行されると、そこで僕は一人にされた。扉が閉められ、少し待つと、今度はいささか年配の女性が二人ほど入ってきた。彼女らが言うには、これから体を洗い、着替えをしてもらうということだった。なぜ、と訊き返すと、彼女らは表情を硬くし、それ以上の説明を拒んだ。ちらりと扉のほうを見た様子から、きっと余計なことをしゃべらないように『上』に言い含められているのだろうと思えた。だから僕はそれ以上は訊かずに、ただなされるがままにした。正直、体を洗えるのはありがたかったし、手枷と足枷を外してもらったのは助かった。入浴を終えると、与えられた衣服は王城の使用人が着るようなそこそこまともな衣服で、着替えてから、わずかなパンと水を腹に流し込むと、いくらか気持ちが落ち着いた。手枷だけはつけられたが、足枷はもうされなかった。いずれにせよ、床も壁もすべて反魔素材。魔力も使えない状態でここから逃げるのは不可能だった。

しばらく控え室のような場所で待機していると、やがて扉が開いた。入ってきたのは見覚えのある赤髪の少女――イザベラ・バルテリンクで、僕は彼女の先導に従ってお城へと連行された。

　そして僕は、『ここ』に連れて来られた。

煌びやかな装飾と絨毯の、いかにも豪華で、威厳に満ちた場所。

（これから……国王と会う？　僕が？）

ファーレンベルガーの『陛下がお呼びだ』という言葉。そして今いる荘厳な広間と、何より何段も上がった場所にある黄金の椅子——おそらくは玉座。すべてが、これからここに現れる一人の人物を指し示している。ファーレンベルガーはこの場に見当たらず、僕は手枷のされた両手を絨毯につけたまま、頭を垂れている。リリーピアとジェフは今頃どうしているだろう。何となくこの場に連れて来られるような気がしていたが、結局現れる気配はない。ならば、どうして僕だけ……？　疑問に答える者はなく、わずかな時を刻んだあとに、

扉が開く。

部屋にいる官吏も使用人も一斉に向き直り、跪く。

そこに現れたのは、

（う……）

吊り上がった眉、眉間に寄った皺、ぎらつく眼光。

ロザリンデ・リーベルヴァイン。

一度、大聖堂のときに目撃して、その様子は知っていたはずだった。だが、それでもこうして近くで見ると驚かされる。

異様だった。

目が合った瞬間に、魂が食われそうになる感覚。その眼力は相手の眼球を滅しようとするが

ごとく、鋭く、きつく、厳しく、僕を射抜いてくる。血走った瞳は怒りと憤怒の塊で、奥歯を噛み砕きそうなほど何かに耐えた顔は、びきびきとヒビでも入りそうなほどに怒張している。

（な、な、なにこれ……人間の顔？）

見たところ、僕より小柄な体軀には違いなかった。にもかかわらず、その存在感はむしろ見た目の何倍、何十倍にも感じられる。存在そのものが威圧、眼光そのものが殺意。今まで一番ひどかった悪魔憑き呪術の被害者でも、ここまで呪われた顔をしていない。

人間じゃない。一目しか見ていないのに、僕は視線をそらし、自ら絨毯に顔をつけていた。視線があったら殺されるというのが本能で分かった。猛禽に食われる前の小動物とはこういう気分なのか。全身に嫌な汗が流れ、窒息しそうなほど息苦しい。

やがて、女王は僕をひとしきり睨んだあと、玉座に腰掛けた。これからいったい何が始まり、何をされるのか、迫り上がる恐怖と、悪い予感で全身を侵される。入浴して、若干の食料を与えられたときには一瞬だけ希望を抱いたが、それは跡形もなく消し飛んでいた。

「――名は」

（え？）

一瞬、聞き逃しそうになる。名は。名は。え、あ、名前を聞かれた？

「おまえのことだ、答えろ」

傍らに立つイザベラによって、ぐいっと、僕の首元に冷たい金属が押し当てられる。それが刀身であることは考えずとも分かる。

「オッ」

声が震える。

「オットー、ハ、ハウプトマンと申しま、す」

「ふん……」

女王は名前を聞き、それから足を組む。左頬に左手の甲を当てるような仕草で、斜め上から僕を見下ろす。怒りに満ち満ちた顔に比して、いくらか口調は冷静に思えた。左手に嵌めた赤い宝石の指輪がぎらりと光る。

「ジークフリーデ・クリューガーを知っているな？」

「………」

答えなければ死ぬ。それは分かっていた。

だけどそれでも、言葉が出て来ない。また、首元に押し当てられたイザベラの刀身が、冷たい圧力を僕にかける。

「ジークと何を話した？」

（ジーク……）

女王が口にした『ジーク』という呼称。それが二人の近さを示すような気がして、奇妙な感覚に囚われる。女王がジークフリーデを、ただの臣下でも罪人でもなく、はっきり一個人として意識しているような印象。

（二人は、いったいどんな関係……）

状況は理解しているつもりだった。今はこんなことを考えている場合でもなければ、何かを詮索している余裕などあろうはずもない。

僕は囚人で、相手はこの国の絶対権力者。しかも無慈悲な暴君。次の瞬間に僕の首が飛んでいても何も不思議ではない。

だけど僕の心を占めるのは、あの眼帯の少女のことだった。どうしてだろう。こんなときに。

「あやつ、何を企んでおる。反逆者として追われる身でありながら、なおもこの国に留まり、虎視眈々と何かに備えている様子。よもや――」

そこで女王の目が光る。

「余を暗殺でもするつもりか？」

――次に陛下とお会いした、そのときには――

かつてのジークフリーデの言葉が蘇る。『幕を下ろす』。あれは、女王暗殺という意味だったのか？

イザベラの刀身が、僕の首元にすっと刃を立てる。首筋から血が流れるのを感じる。

「う……」

馬鹿げている。

ここで黙秘を貫くなど、心底、馬鹿げている。自殺行為そのもの。

でも。

いや、だからこそ。

(――言えない)

相手の狙いが、その殺意に満ちた眼光からはっきりと分かる。

この人はジークフリーデの両眼を斬った。その女王が、今なお彼女を探している。

ならばその意図は明らかだ。僕から居場所を聞いて、そして彼女を捕らえ――

殺す。

それ以外に何がある?

言えない。僕が、彼女の情報を漏らすわけにはいかない。彼女の命を、ここで『売る』わけにはいかない。僕の知っている情報など些細なもので、それを伝えたところで彼女が捕まるとは限らないが、それは結果であって、僕が彼女の情報を売った事実は揺るがない。

大して親しいわけでもない。つきあいが長いわけでもない。何かを頼まれたわけでも、誓ったわけでもない。

それでも僕には、ジークフリーデ・クリューガーという騎士を、ここでこの暴君に引き渡すことだけはできなかった。もしそれをすれば、僕が僕でなくなる。そんな気がした。亡き師匠はきっとこう言うだろう。『友を売るとは見損なった、おまえは破門だ』と。

そのときだ。

「――ふふ」

怒りの形相だった女王が、わずかに口をほころばせた。それから「ふ、ふははっ……！」と笑い始めた。それは奇声とも嬌声ともつかぬ、甲高い笑い声。

「これは思わぬ拾い物だな。……おい」

そこで女王は、隣にいた兵士から、一本の剣を受け取った。それをすらりと引き抜くと、鞘を放り棄て、ゆっくりと、優雅に、僕に向かって歩いてきた。

（――殺される）

女王の足が、僕の顔の前に現れたとき、すべての結末を僕は理解した。

女王の質問を拒否した。そして女王が剣を握って僕の前に立った。この後の展開は、どんな童話やお伽噺だって想像がつく。

女王の手が、こちらに迫ってくる。その手に嵌めた、やけに赤い宝石の指輪が、僕の目に残像を焼きつける。

「うっ……！」

頭皮に激痛が走る。僕は前髪を掴まれ、無理やり顔を持ち上げられた。ぶちぶちと音を立てて髪が抜け、「う、あぁ……ッ！」とうめいていると、

「オットーとやら」女王が口を開いた。「最後にもう一度だけ訊こう。ジークはどこだ？」

何も言えない。死にたくないのに、それでも言葉が出て来ない。なぜ僕は、こうまで彼女を。

彼女のことを。

そのときだ。

「──恐れながら、陛下」

声がした。

それは背後に立つ、赤髪の少女。

「なんだ、バルテリンク。発言を許可した覚えはないぞ?」

「恐れながら」

少女は同じ言葉を繰り返した。

「この者、殺すよりも良い使い道があろうかと」

「ほう、なんだ」

「それは──」

イザベラが、抑えた声で何かを言う。それを聞いたロザリンデは、怪訝(けげん)そうな顔から一転、

「ふむ」

得心したような顔でうなずいた。

気づけば、僕はどさりと打ち捨てられ、絨毯(じゅうたん)を舐(な)める。

そして女王ロザリンデの声が、頭上に降ってきた。

この者は聖女の贄とする、と。

3

人生がどんな終わり方をするかは、誰にも分からない。

ある者はたくさんの家族に囲まれ、幸せな最期を迎えることもあれば、ある者は不慮の事故で唐突に終わることもある。それまでの人生が『死』という境界線によって切断され、肉体から魂を切り離される。それが人生というものだ。

（それにしたって十六歳は早いわー。ないわー）

やけに晴れた日の、この国で王城に次ぐ規模の建築物——大聖堂。そこにある『慈悲深き聖女』と呼ばれる巨大な鐘から、僕は生首を出して外を見ている。眼下は目も眩むような高さで、何千か何万か数える気も起きぬほど大勢の群衆が僕を見上げている。この国に来たばかりのころに公開処刑の現場を目撃したが、まさか一月も経たずに自分がここに上らされるとは思わなかった。

（よよ……若い身空でお星さまになるんだ……僕……）

冗談めかして自分の境遇を嘆いてみるのは、もはや今の事態が絶望的だからだ。魔力も使えなければ手足も動かせず、処刑台にがっつり嵌った状態。こうなるとあがいてもどうにもならないことは誰だって分かる。笑うしかない。

権力者に逆らった挙句の、非業の死。そう書けばいくらか聞こえは良いが、今になって僕は滅茶苦茶に後悔している。

アホだった。いくらかジークフリーデの情報を売って、隙を窺って逃げるんだった。あの眼帯の少女ならそうそう捕まらないだろうし、だいたい僕が死んだら誰がリリーピアとジェフを助け出すんだ。アホだ、僕って本当にアッホ。

「オットーさん……」

隣から、しわがれた声が聞こえる。そこには顔面を痣だらけにした老人が、僕と同じように『鐘』から首を出している。

「本当に、こんなことになって……申し訳、ございません……」

「いいんですジェフさん、気にしないで」

隣にいるのはジェフ。鐘に書かれた『聖女』の顔で言えば、彼が『右目』の穴から首を出し、僕が『左目』の穴から首を出している位置関係になる。要するに、本日処刑されるのは我ら二人というわけだ。

ちなみにリリーピアは、ジェフの話ではすでに解放されたということだった。ジェフが靴底に隠し持っていた金貨の持ち合わせで、看守を買収してリリーピアだけを別の檻に移してもらった――らしい。

正直、その話がどこまで信じられるかは分からなかった。看守がジェフから金貨をせしめただけのことかもしれない。ただ、実際にリリーピアが檻から移動させられたこと、その後に姿を見ていないことから、可能性はゼロではなかった。いや、リリーピアだけでも助かる可能性があると、今はジェフも僕も信じたかった。それがこの最悪の状況で唯一の救いだったし、そうでも考えていないと絶望で気が狂いそうだ。

だが。

その考えがアルテリア産のサトウキビくらい甘いことは、次の瞬間に思い知らされる。

「ほら、さっさと歩け！」

「うぇぇぇぇぇん！」

声がした。

聞き覚えのある声。ジェフは目を見開き、絶望的な表情を浮かべる。僕もきっと同じだろう。

「おじいちゃあぁん、トーねぇちゃあああん」

縄で縛られ、引っ張ってこられたのは、桃色の髪をした幼い女の子。

（リリーピア……！）

僕が叫ぶ前に、ジェフが叫んだ。

「な、なんという……約束が違うじゃないか！」

ジェフが怒鳴ると、兵士の一人が「約束ぅ？　なんのことかなぁ？」とヘラヘラした笑いを浮かべた。「あ、ああ、……リリー」ジェフがその名をつぶやくと、リリーピアが「おじいちゃん！」と悲鳴のような声で祖父を呼んだ。

「なんということじゃ……」

すべては一つの結末に向かっていた。何ひとつ希望のない、光すら射さない底なし沼の底のような状況。絶対にして不可避の運命。

死。

「陛下、御到着！」

僕の背後にいた、官吏らしき男が叫ぶ。すると、通用口のような小さな扉から、一人の小柄な人物が現れた。

その姿は処刑場には似つかわしくない豪奢なドレスと、ある意味でこの場に最もふさわしい殺意に満ち満ちた形相。

ロザリンデ・リーベルヴァイン。

その手には、ぎらついた、血みどろの、脂ぎったサーベル。それでいったい何人の首を刈ってきたのか、想像したくもない。ただ、その数に『三』の数字を足したところで、彼女の心に慈悲が湧くことはないだろう。

「陛下……！」

ジェフが叫ぶ。

「どうか、どうかお慈悲を！　リリーピアだけはどうか……！」

「じじい、黙ってろ！」すぐ脇にいた見張り——先ほどしらばっくれた兵士が、乱暴にジェフの頭を殴りつける。老人はガクリと頭を垂れ、動かなくなる。

「ジェフさん……！」「おじいちゃん！」叫び声は老人の耳にはもう届いていない。

　そのときだ。

「──誰が罪人を処していいと言った？」

　女王ロザリンデが、ぽつりとつぶやくように言った。

「へ、陛下？」

「誰の命令で、おまえはその罪人を処したのだ？」

　女王は兵士の行動を咎める。その手に握られたサーベルが殺意とともに振り上げられる。

「あ、こ、これは、その、陛下の、ために、黙らせようと、あ、あっ、お待ちを、お待ちを陛下、私は陛下のために──！」

　ゾンッ、と乾いた音がした。それは斬れ味の悪い刃物で、何かを無理やりぶった切ったような、雑音にも近い音。

　兵士の首が飛んだ。

ひゃ、とか、びゃ、という音が近いだろうか。兵士は首を刎ねられた瞬間、奇妙な声を発したかと思うと、目を見開いたままの生首が宙に飛んでいった。しばらくして、ゴチャッと潰れるような音がして、それは地面でトマトのように真っ赤に弾けた。

ぴう、ぴぴう、と男の遺体が赤い液体を噴水のように吐き出すと、

「ふん……」

女王はそれを蹴飛ばし、それは生首の後を追って大聖堂から墜落していった。下のほうで、「わっ」とか「うおっ」という群衆の声が響いた。

(本気だ……)

当然ながら、思う。

この人は、本気で、殺る気だ。

足が震える。今までは強がって軽口を叩いていたのに、目の前で血を見るともう無理。いや、この状況で平静を保てる人なんてこの世にいない。

「──旅の魔術師よ」

女王ロザリンデが、僕に話しかける。その声が近いのか遠いのかも、恐怖に震える僕には分からない。

「ジークフリーデは、どこだ?」──

この期に及んで、彼女はまだ僕にジークフリーデのことを尋ねてくる。どれほどのこだわり

があるのか。ここで何かを答えたら助けてくれるとでもいうのか。

否。

「へ、へ、へい、陛下……」

カチカチと、歯の根がうまくかみ合わず、声が震える。みっともないけど、目の前に鮮血が滴る(したた)サーベルがあって、それに自分の顔がうっすら映っているのを見て、女王の嵌(は)めた赤い指輪が今は血の色に見えて——もうダメだ、ああ、ダメだ、僕、殺さないで、やめて、殺さないで。お願い、僕、死にたくない、まだ生きていたい、助けて、助けて誰か、助けて師匠、助けて——

ジーク！

なぜ、その名を呼んだのか。

心の中で、胸の奥底で、彼女に何かを、期待していたのか。

このとき、ぽつりと、女王がつぶやいた。

「どうやら——」サーベルをゆっくりと下げて、彼女の視線が僕から外れた。「エサとしては優秀だったようだな」

次の瞬間。

リリーピアの声がした。

「フリねえちゃん……!」

4

広場が、ざわついた。

何千何万の群衆が、さざなみのように音を立て、密集した広場がゆっくりと、だが着実に変わっていく。

道ができていた。

それは一筋の光明のごとき、人と人が織りなす道。

その道を、悠然と、一人の人物が歩いていた。

銀色の長髪は、貴族の令嬢のように艶やかに輝き、背筋を伸ばして歩く姿は誇り高さと気高さを無言で体現する。

「ジーク……!」

今まで、そんなふうに愛称で呼びかけたことはなかったのに。

僕は叫んでいた。

「ジーク、来ちゃ駄目だ！　ジーク！」

来てほしかったはずなのに。待ち望んでいたはずなのに。

自分でも意外だった。彼女の身を案じられるほどの心の余裕がどこにあったのか。いや、これは余裕じゃなく、そうだ——

悲鳴だ。

「ジーク、逃げて！　ジー——」

「黙ってろ」

いきなり喉元に、硬いものがあたる。それはサーベル。

持ち主である女王は、「それ以上しゃべればそっ首叩き落すぞ」と脅した。僕は黙った。血と脂の臭いで、胃腸が少しだけグウと動いて、こんなときでも腹は減るのだなと不思議な気分になった。

「よく来たな、ジーク」

「は、クリューガーここに」

「久しいな」

「御意」

不思議だった。ジーク。まるで親しい者のように、王女はその呼称を使う。『鐘』に仕込まれた魔術なのだろうか、二人の声は離れているのによく響いた。

(どんな関係なのだろう?)

かつての部下を見下ろす女王と、その女王を眼帯越しに見上げる騎士。女王の形相は怒りに満ちたままだが、口調だけは旧友に対するように親しげだ。

「何をしにきた、ジーク」

「陛下をお止めに」

「なぜだ」

「民をいたずらに害すれば、国の礎が失われまする」

「民などいくらでもおる」

「恐れながら、それは違いまする、陛下」

誰もが、固唾を飲んで二人のやりとりを見守っていた。王国の兵士たちがジークフリーデを遠巻きに取り囲んでいるのは見えたが、それはまさに遠巻きという言葉にふさわしいほど離れていて、女王の命令なしには一切動くことも近づくこともできないように見える。

「ならばどうやって止める? 答えよジーク」

「この身を呈して止めまする」

(――無茶よ)はっきり言って、無謀だった。どれだけジークフリーデが強いと言っても、ここには少なく見積もって千人規模の兵士がいる。王城に控えている者や市井に潜む間者のたぐいも含めたらその何倍になるか。その驚異的な剣腕で何人切り伏せようともいずれはやられる。

それにファーレンベルガーが出張ってきた時点で『詰み』だろう。勝つには相撃ちしかない、と言ったのは他ならぬジークフリーデ自身だ。

そう、無茶、無理、無謀——

だがそんなことは、彼女も分かっていた。

そして彼女は、僕の想像をはるかに超える思慮と覚悟でこの場に立っていたことを、僕は次の瞬間に思い知らされる。

「私は、陛下の軍に仇を成す者ではありませぬ」ジークフリーデは朗々と声を張り上げ、眼帯越しの視線をこちらに向ける。「私は陛下に、献上品をお持ちしました」

え？

「……献上品だと？」

疑問に思ったのは、女王も同じだった。一瞬だけ沈黙があり、それから「興ざめだジーク。今さら、余がモノやカネで釣れるとでも思うたか」

「違います、陛下。私が差し上げるのは、モノやカネではございませぬ」

「ではなんだ」

「私が差し上げますのは——」

そこでジークフリーデは、すっと、自らの右腕を水平に持ち上げ、
驚愕の発言をした。

「この『腕』でございます」

一瞬、何を言われたのか分からない。

腕？

いま腕って言ったの？

だが、理解が追い付かぬ僕をよそに、付き合いの長い女王は察したようだった。

「ふふ……ふふふ……」

その笑みはすぐに高笑いとなる。

「フハハハハハハッ!! そうか、そうか！　腕、腕と来たか！　なるほど得心がいったぞ」

女王は愉快そうに語る。

「ジーク、おまえは『師』と同じ方法で、助命嘆願を果たそうと言うのだな？」

「左様です、陛下」

師という言葉を聞いて、最初に浮かんだのは自分の魔術の師匠だった。だがこの場合は、ジークフリーデの『師』だからファーレンベルガーで——

（ああ、そうかっ）

それはこの国に来る前にも聞いていた噂。かつて部下たちの助命嘆願をするために、ファーレンベルガーが自らの利き腕を差し出したという逸話。ということは彼女も――

（――駄目）

　そんなのは駄目だった。駄目に決まっていた。魔術師の僕にだって分かる。騎士にとって、剣士にとって、その腕は何物にも代えられない財産。長く苦しい修行と研鑽の末に磨き上げた剣腕は、彼女の人生そのもののはずだ。

「陛下、この献上品、お受け取りいただけますか？」

「その腕と引き換えに、この者たちを助命せよ、と？」

「御意」

「………………」

　そこで女王は、一度僕のほうに振り返った。目が合うと、獣のような瞳で、僕という獲物をまじまじと観察する。「喜べ、オットーとやら。余は興が湧いた」と言ったあと、ジークフリーデに向き直る。

「いいだろう、ジーク。おまえの献上品を快く受けようぞ」

「では――」

　ああ、駄目、そんな、腕なんて、そんな――

　僕が叫ぼうとした、そのとき。

「陛下、お待ちを……！」

凜とした声が響いた。

（あ……！）

それは、予想外の出来事だった。

声の主は、眼下にある広場に現れると、こちらに向き直り、片膝をついた。ちょうど、その場にいるジークフリーデと、大聖堂から見下ろす女王の間に割って入るように。

「バルテリンク、呼んだ覚えはないぞ」

「恐れながら、陛下。ひとつ申し上げたき儀がございます」

「よもや余興の取りやめを申し出るのではあるまいな」

女王の頰に、ビキッと血管が浮き出る。自らの悪辣な楽しみを妨害されたことを不快に感じたのは明らかだった。

「滅相もございません、陛下。わたくしは、陛下の余興をさらに盛り上げてご覧に入れます」

「……ほう？」

「許す。申してみよ」

わずかに、女王の声のトーンが上がる。

「そのお慈悲に深く感謝いたします」

片膝をついたまま、イザベラは己の意を告げた。

「ここにいるジークフリーデ・クリューガーと、一騎打ちをさせてください」

（……⁉）

唐突な申し出に、群衆がざわめく。

もちろん僕も驚いている。この状況で、一騎打ち？

「つまらぬ」

女王は一蹴する。

「ファーレンベルガーならいざ知らず、貴様程度では余興の道化にもならぬ」

「腕を賭けます」

「なに？」

そこでイザベラは、刃物のごとく鋭い声で宣言した。

「この勝負、私もこの『腕』を賭けます。……いかがでございましょう、陛下」

「ふ……」

そこでロザリンデの唇が、高らかな笑い声を発する。

「ふ、ふふ、ふははっ‼　なるほど、王国の牙と王国の刃が、己の『腕』を賭けての勝負というわけか！」

「御意にございます。その上で、もし私がクリューガーに勝利した暁には、この者の処遇、どうか私に一任を」

「貴様、調子に――」

そこで女王は鼻を鳴らし、一度言葉を区切る。

それからわずかに思案したあと、

「よかろう」

と答えた。それから含みのある声で、「おまえが、ジークに勝てたら、その望みを認めよう」と条件を繰り返した。

「はっ！　ありがたき幸せ！」

イザベラは、恭しく一礼をしたあと、すっと立ち上がる。

向き直った先には、眼帯の少女が静かに佇んでいる。

ジークフリーデが、苦々しい顔で言った。

「どういうつもりだ、イザベラ」

「先輩こそ、どういうおつもりですか？　ここで『腕』を捨て、また私との誓いを破るつもりですか？」

「………」

「先輩の腕は」

イザベラが柄に手を掛ける。

「あのようなどこの誰とも知らぬ魔術師（メルルーシ）に捧（ささ）げるべきものではございません」

そう言うと、赤髪の少女は大聖堂のほうを見上げた。その鋭い視線は突き刺さるようにこちらに向けられる。

（え、え、……僕、睨（にら）まれてる？）

僕とイザベラの接点はない。せいぜい、女王謁見の際に彼女が僕を拘束する係だった点くらいだ。

ただ、ひとつ気になることがあった。

——私がクリューガーに勝利した暁には、この者の処遇、どうか私に一任を。

さっきの言葉。あれはどこか、深い意味を感じさせた。ただ騎士として一騎打ちを望むだけならば、勝負の後のジークフリーデの処遇など気にする必要はないはずだ。にもかかわらず、イザベラは明確に条件を付けた。それって——

イザベラはしばらく僕を睨（にら）んでいた。それはどこか苦しげで、僕は彼女の表情から何かを読み取ろうとしたが、やがて彼女は顔の向きを変え、ジークに視線を戻した。

「先輩。今こそ、あの日の誓いを果たしていただきます」

「…………」

ジークフリーデは答えない。

——あの日の誓い、忘れたとは言わせません。

事情は分からなかった。

ただ、イザベラがその『誓い』についてずっとこだわっていて、それはジークフリーデとの勝負によってこそ果たされることは、これまでのやりとりで十分に理解できた。

「我こそはリーベルヴァイン王国騎士団所属、イザベラ・バルテリンク。あの日の誓い、果たしていただく」

「我こそはジークフリーデ・クリューガー。今は所属は持たぬ。あの日の誓い、騎士の誇りに懸けて今こそ果たそう」

それは先日も水入りになった、幻の一騎打ち。ここに至り、ジークフリーデも他に活路がないと見たのだろう。口上は両者ともに高らかだった。

「くくく……これは見ものだなァ」

女王がその場でどっかりと座る。まさに高みの見物といった位置で、不世出の二人の天才騎士を見下ろし、奇しくも御前試合の様相を呈する。

いったいどうなるのだろう。目まぐるしく変わる事態を前に、僕は動揺しながら見守ることしかできない。

群衆も、兵士も、まるで試合に詰めかけた観客のようにあたりを埋め、二人のいる場所だけがぽっかりと空間ができる。対峙する二人の騎士は、互いに剣を携えながら、赤髪の少女がぐっと腰を落として構えを取ったのに対し、銀髪の少女はほとんど棒立ちのまま、剣を持った腕をだらりと下げる。動と静、以前にも感じた二人の剣術の違い。

開戦の合図は、この国の最高権力者によって出された。

「始めぃ……！」

声が響いた瞬間。


イザベラが突撃した。

切っ先を相手に向けて、直線的な軌道で斬り込む。傍目に見てもその動きは疾風のごとき速さで、気づいたときには二人の間合いが詰まっている。銀髪を翻し、ジークフリーデは少しずつ下がるが、そこで赤髪の少女が踏み込み、さらに連続して突き技を繰り出す。その剣閃はまるで幾重もの光芒を乱射するような迫力で、衝撃波で近くの樹木が切り裂かれ、大地が引っ掻いたように粉塵を巻き上げる。周辺にいた兵士や国民が恐れを抱いて距離を取る。

第一波のような一連の攻撃を終えると、イザベラはいったん突撃をやめた。気づけば、二人は最初とほぼ同じ立ち位置に戻っており、ジークフリーデはその場に前と変わらぬ姿勢で佇んでいる。切り裂かれた無数の地面の跡だけが凄まじい攻撃の爪痕を残していた。

(す、すごい……)

見ているだけなのに、僕まで肌が震える。

卓越した剣術は魔術に等しい。それはジークフリーデを見てきて分かっていたことだが、このイザベラという少女もまた超人的な使い手だった。人間は魔術を使わずしてここまでのことができるというのか。

「――さすがですね」

イザベラは構えながら告げる。

「視力を失って、なおその動き。先輩はやはり天才です」

「おまえの太刀筋は良く知っているからな」

ジークフリーデは構えを取らず、涼しげに答える。

「ならば、なぜ撃ち返して来ないのですか？」

「撃ち返す隙がなかった」

「褒め言葉と受け取っておきます。――が」

赤髪の少女は、じりじりと間合いを近づける。

「その涼しい顔がいつまで続きますかね」

「これは生まれつきだ」

「いつだって！」

間合いに入った瞬間、イザベラが一閃する。

（――！）

ジークフリーデの腕が消えたかと思うと、二人の間に火花が散る。遠目にもほとんど見えなかったが、二人の剣閃がぶつかり合ったのは衝撃音で分かった。

「先輩は、そうやって!!」

また火花が散る。薙ぎ払うような一撃。

「私を、子供扱い、して！！！」

言葉を区切るように、剣を繰り出し、それが言葉の数だけ火花を散らす。

まるで剣と剣で会話をするように。

「まるで、眼中に、ない、みたいに!!!!」

ジークフリーデのほうに変化が現れる。相手の連続した剣撃に圧されたのか、間合いを取るように少しずつ下がる、いや――

押されている。

「出会った、ときから、ずっと、先輩は――！！！！」

火花の数が、連続して咲く花火のように入り乱れ、咲き乱れ、それは二人の姿を落雷に撃たれた巨木のように映しては消す。

「私のことを、見ようと、しない……ッ!!!!!!」

次の瞬間、特大の火花が散り、
ドン、と二人の距離が開いた。剣同士がぶつかった衝撃波が、あたりに駆け巡り、勢いで飛ばされた二人は、またお互いの距離を埋めるように、今度はイザベラだけでなく、ジークフリーデも前に出た。

「今こそ……ッ！」

イザベラが走りながら、剣を大きく振りかぶる。

「私はあなたを超える……ッ!!」

（――！）

剣撃の音が変わる。キン、という高い音から、ガンッ、ガツッ、といった鈍く、重い音になる。火花の大きさも変わり、数が少ない分だけ大きな花が咲く。素人(しろうと)の僕には分からないが、これまで受け流すだけだったジークフリーデが、相手に対抗して打ち合いを始めたようにも見えた。

「さあ、先輩……ッ!!」

イザベラは声高に叫ぶ。

「あなたの、圧倒的な、剣技を、私に、見せつけてください……ッ!!」

「………」

ジークフリーデはあくまで無言だ。ただ、その剣閃(けんせん)は相手の挑発じみた言動に乗るように、徐々に大きく、激しくなる。

「……ッ！」

「……ッ!!」

打ち合いの激しさゆえか、あるいはジークフリーデの応戦ゆえか。イザベラが口をつぐむと、あたりには打撃音だけが響き渡る。

不思議だった。

無言にもかかわらず、それは雄弁だった。

騎士と騎士が、渾身の力を込めて、一分の隙もなく打ち合う様は、それ自体が磨かれた舞踊のような美しさを醸し出し、包囲する兵士も、遠巻きに見る群衆も、皆がその戦いに目を奪われていた。荒々しくも優美で、可憐でありながら武骨。火花が散るたびに赤髪と銀髪が浮かび上がっては明滅し、二人の女神が天上で相争う神話のごとく、その光景は続いた。

やがて、劇の幕間のごとく、剣と剣の反発で、ジークフリーデのほうが後方に吹っ飛び、間合いが離れた。

「…………」

「…………」

互いを無言で睨み合う。

イザベラはわずかに肩で息をしているが、まだ余力充分に見える。対するジークフリーデは、肩口から流れる血が地面に落ち、小さな血だまりをつくる。

「先輩、残念です」

赤髪の少女はゆっくりと近づく。

「光さえ失わなければ、私に後れを取ることもなかったでしょうに」

「…………」

ジークフリーデは何も言わない。ただ、ここまでの達人同士の斬り合いになると、目が見えないということの不利は明らかだった。むしろ、目が見えずにここまで打ち合うことが異常だ。

「あなたは弱くなった。王国を裏切り、騎士団から逃げ出したあなたには、もうかつての輝きはない」

「イザベラ、ひとつ訊かせてくれ」

「まさか命乞いですか」

「おまえはなぜ、戦う」

「……？」

彼女は首を傾げる。質問の趣旨が分からないという反応。

「かつては、騎士団長の座を懸けて、我らは決闘の誓いをした。だが今はもう、私は騎士団におらず、次期団長はおまえのものだ。にもかかわらず、おまえは私に決闘を挑む。その心が分からなくてな」

「…………」

一瞬、イザベラが沈黙する。

その顔は、呆気に取られた感じになったあと、見る見る険しくなる。

「騎士、団長の……座？」

吐き捨てるように叫ぶ。

「私がそんなものを欲しがると思うんですか……ッ⁉」

それは、これまでとは明らかに違う怒りだった。単なる激怒や怒声とも違う、ともすれば子供じみた、感情そのままの発露。

「私が、地位や、名誉のために、こんなことをしているとでも……ッ⁉」

「それは──」

「いつだって、あなたの背中を追っていた……ッ‼」叫ぶと同時に、赤髪の少女は斬り込む。

火花が散る。

「その背中に追いつきたくて、人生のすべてを、懸けてきた……ッ！」

それは一人の少女の、狂おしいほどの心の叫びだった。イザベラの斬撃に、迫力に圧され、ジークフリーデは後退する。

「ずっと、あなたを倒すために生きてきた……ッ‼」

ジークフリーデはさらに圧される。相手の動きについていけず、劣勢は明らかだった。

「なのに……っ‼」

剣は烈風のごとく入り乱れ、剝き出しの感情が刃に乗る。

「いつだって、先輩！　あなたを、あなたを倒すことだけが……‼」

「くっ……」

眼帯の騎士が顔を歪め、膝が揺れる。

（──そうか……そうなんだ）

僕にも少し分かる気がした。彼女が今、怒っている理由。ジークフリーデに執着する訳。

「もう言葉はいらないッ！　ただ、私は、私は──‼」

彼女の声が震える。

「この剣を突き立て、あなたの胸に訊こう‼」

そこで少女は、ぐっと腰を落とし、剣を構える。その赤い髪は怒りなのか、闘気なのか、炎のように立ち上がり、周囲の大気が陽炎のごとく揺らめく。

「──次じゃな」

立会人たる暴君が、ぼそりとつぶやく。その顔は嗜虐的な笑みを浮かべている。

（次……）

その言葉の意味を考える。次で──

決まる？

　そのときだった。

　ジークフリーデは、ゆっくりと手を持ち上げると、

　眼帯を外した。


　その閉じられた瞼から、うっすらと光のようなものが漏れる。

（何をするつもり……？）

　不可解だった。目が見えぬ者が、眼帯を外したところで何が起きるというのか。ふと、眼帯の裏に書かれた魔術紋のことを思い出す。

　彼女の意図がまるで分からぬまま、それでも戦いは終幕へと突き進む。

　眼帯を外した騎士は、ぐっと腰を落とし、構えを取った。

「イザベラ、おまえとは闘いたくなかった」

「いいえ先輩、私はずっと闘いたかった」

　二人が最後の言葉を交わすと、一瞬だけ空白のような間ができて、それから――


　激突する。

仕掛けたのは炎の髪の少女。その長剣を大きく振りかぶると、

「――ッセア!!」

気合いを入れる叫び声とともに、大地に叩きつける。すると次の瞬間、刀を突き入れた地面から一直線に亀裂が走り、それはジークフリーデのいる足元まで土竜のごとく突進した。彼女が素早く回避した瞬間、イザベラはさらに大地に剣を叩きつけて、第二波がまた地面を伝う衝撃波となって襲ってくる。それを回避した矢先に第三、第四と衝撃波が襲い、まるで剣術というよりも魔術のような波状攻撃にジークフリーデは防戦を強いられる。大地を味方につける闘い方は、かつて見たファーレンベルガーの剣術を彷彿とさせる。

そうした攻撃によって、大地に八つの亀裂が走ったとき。

「イザベラ、おまえは確かに腕を上げた。――だが」

そこで形勢が変わった。

ジークフリーデは、防戦一方の展開から、一転して攻勢に出た。相手の鋭い斬撃を、一発ずつ、見計らったように撃ち返し、跳ね返し、前に出る。

「なっ……!?」

今度はイザベラが後退する。その顔には驚愕の表情。無理もない。今まで劣勢だった相手が急に撃ち返してきたどころか、まるですべての動きを予測していたかのように先手先手で攻撃を弾き返してくるのだ。

（すごい……）

圧倒的だった。大人が子供に稽古をつけているような、素人目にも分かる技量の違い。ジークフリーデは、まるで相手の太刀筋がすべて見えているかのように、イザベラが剣を振るおうとした瞬間に相手の刀身を撃ち、攻め手を封じている。

（いったい何が起きてるの……？）

明らかに戦いの段階が変わった。あの眼帯を外したことで、まるで力を解放したかのように。

そして僕は、見た。

ジークフリーデの動きを追ううちに、明らかに、その体から——正確にはその瞳から、何か『残像』のようなものが見えることを。剣を振るったあとの軌道の残影にも似た、彼女が動くたびに瞳からあふれ出た眼光が、その場に細い光の軌跡を描く。

（あれはもしかして魔力……？　でも何かが違う——）

面食らったのは戦っている当事者も同じだった。イザベラはたまらず大きく下がり、あからさまに距離を取った。手が痺れたのか、剣を取り落としかけ、悔しそうに敵を睨む。

「おかしい、こんな、はずは……」

「稽古のときにも言ったはずだ」ジークフリーデは距離を詰めようとはせず、変わらぬ口調でいう。

「おまえは眼が良い。だが、逆にその眼に頼り過ぎている。それでは剣速が互角の相手には勝てない」

「知ったふうなことを言わないでください……!!」

　イザベラの顔に怒りの色が浮かぶ。

「もう、私はあのころの──あなたに赤子扱いされた後輩ではない……!!」

　そこで少女は両手で柄を握り直すと、

「クリューガー流剣術奥儀・秘伝四十八ノ太刀──」

　今まで以上に大きな動作で剣を振りかぶった。

　剣の周囲の空気がいっぺんに変わり、まるで彼女自身が燃える炎のように歪み、熱波があたりを襲い、それは大聖堂の頂上にいる僕のところにも伝わる。その熱を大地に叩きつけると、

（なぁ……ッ!?）

　それは巨岩を叩きつけたような一撃だった。大地が割れて、大聖堂まで粉塵が舞い上がる。

あっという間にジークフリーデの姿は灰色の瀑布のような攻撃に飲み込まれる。

「ジーク……ッ!!」

　叫んでも、眼下の様子は分からない。

　やがて、舞い上がった土砂と噴煙がどうにか収まってくると、そこには天災のごとき光景が広がっていた。

（う、あぁ……）

大聖堂の広場は、土砂が局地的な竜巻のように同心円状に広がり、ド派手に陥没している。

(こんな、馬鹿げた、威力……)

侮(あなど)っていた。

王国の刃と呼ばれる人物が強いことは知っていたはずなのに、まさかここまで常人離れした技を放つとは思わなかった。伝説の騎士エルネスト・ファーレンベルガーの後継者を相争うということは、こういうことなのだと今更ながらに思い知らされる。

「ハァッ……ハア……」

よほどの体力を消耗したのか、イザベラが苦しげに肩で息をする。彼女は剣を大地に突き刺したまま、それを杖(つえ)のようにして自らの体を支えている。

ジークフリーデの姿は見えない。あの大量の土砂に埋もれたまま、生き埋めになったのか。

「——勝負あったようじゃな」

女王が立ち上がる。

そして意外な名前を告げる。

「勝者は——ジークフリーデ・クリューガー!」

(えっ⁉)

耳を疑う。

だが、次の瞬間。

「さすが……ですね、——先輩」

イザベラが、ゆっくりと倒れた。

「あっ……！」

大量に積み重なった土塊に光の線が走り、それは左右にばっくりと割れる。そこには一人の少女が立っており、剣を振り上げた姿勢で静止していた。土砂に巻き込まれる前に、いや土砂ごと、ジークフリーデの剣閃がイザベラに届いたということなのだろうか。もはや常人に理解できる世界ではないが、勝ったのがとにかくジークフリーデのほうで僕はやっと息を吐いた。

「う、あぁ……」

倒れたイザベラが、呻き声を漏らし、相手を見上げる。ジークフリーデはゆっくりと歩み寄り、

「良い。しゃべるな」

「くや、し、い……」

「…………」

「あ、あぁ……」

イザベラが、ゆらりと、手を伸ばす。その手は枯れ木のように力がなく、口元から赤いものが流れる。

「せん、ぱ、い……」

「……なんだ」

「わたし、は――」

イザベラの手は、彼女が生涯を懸けて追い求めた、女性の頬に触れる。

「一度で、いいから……」

彼女の手は、ジークフリーデの頬を、優しく撫でるように触れると、

「あなたの、瞳に、映りたかった……」

その手は、力尽きたように滑り落ちる。

「…………」

ジークフリーデは無言のまま、彼女を抱き起こし、陥没した地面から、まだ無事な平坦な場所へと運ぶ。その姿は、眠る王女を運ぶ騎士のごとく、凛々しくも雄々しい姿で、それから彼女は、そっと傷ついた後輩をその場に横たえた。イザベラはもう動かない。

(あ……)

赤髪の少女の目元に見えた光の筋は、きっと涙だった。

――あなたの瞳に映りたかった。

目の見えぬ相手に、そうした言葉を投げかけた彼女の気持ちは、いかばかりであったか。

戦いが終わり、ジークフリーデが眼帯を付け直すと、

「──見事であった」


パチパチと、乾いた拍手が響いた。

それは高みの見物を決め込んでいた暴君の声。

「なかなかの余興であった。──が」

その瞳は、冷酷かつ無慈悲な眼差しで、敗れた騎士を見下ろす。

「反逆者に負けるとは、王国の恥さらしだなァ、バルテリンク」

相手を嘲るような口調で、暴君は顎をしゃくる。

「それではバルテリンクの腕を落とせ。──ジークフリーデ、おまえの手でな」

（あ……）

──この勝負、私もこの『腕』を賭けます。……いかがでございましょう、陛下。

勝負に気を取られていて、すっかり忘れていた。そう、これはお互いの『腕』を賭けた勝負。

（う、うそ……腕、本当に落とすの？）

確かに、そういう約束だった。だが、もう決着はついたし、イザベラは立ち上がることすらできない。今さらそんなことをして何になるのか。

「お待ちください、陛下」

凛とした声が響く。

「イザベラは、この国の未来を担う騎士。どうかお慈悲を」

「ならぬ！」

女王は即座に拒絶する。

「その者は、王国騎士団の副団長でありながら、無様にも敗北を喫し、王国の名誉に泥を塗った。それは命を以てしても償えぬ罪。本来は腕だけでは足りぬほどだ」

「ですが……」

「さあ、約束であろうジークフリーデ。さもなくばこの女の首を落とすぞ？」

すらりと、僕の前に刃が現れる。そうだった、僕、そういう状況だった。

「………」

ジークフリーデは、じっと女王を見上げ、それから僕のほうを見た――気がした。

何かが間違っていた。

いや、何もかもが、間違っている。なぜ、こうまでして、この国は無益な血を流すのか。首にせよ、腕にせよ、そんなものを取っていったい何になるのか。

「陛下。私は、このイザベラ・バルテリンクという騎士をよく知っております」

「あ……？」

ロザリンデは不服そうに返事をするが、ジークフリーデは続けた。

「幼きころから、彼女と剣の修行に励み、苦楽を共にしてきました。この者、短慮ではあれど、純粋にして実直。さらには戦場で死を恐れぬ胆力、仲間を庇う厚情、騎士道を貫く精神力。ここで失うにはあまりにも惜しい人材——」

「くどい！」

暴君は聞く耳を持たない。

「反逆者に敗れた以上、その者は王国を危機にさらした不届き者。この国に必要はない」

「それは違います、陛下」

眼帯の騎士は一歩も引かない。

「この者は、この国の未来。決して失ってはなりませぬ」

（…………）

不思議だった。

彼女がイザベラをこれほどまでに庇うこと、「この国の未来」とまで言い切ること。きっと、僕の知らない過去が、この二人にはあるのだろう。

だが、

「ならぬ」

暴君は決して引かない。

「この者は腕を賭けた。ゆえに、腕を差し出さずしてこの勝負は終わらぬ。それが嫌なら――」

　そこで暴君は、当然のように暴言を吐く。

「おまえが腕を差し出すんだな、ジーク」

「御意」

（――!?）

　驚く。

　今、なんて？

「私が、腕を差し上げましょう。……イザベラの代わりに」

　ジークは、すっと右腕を水平に上げる。まるでそれを斬ってくださいと言わんばかりに。

（な、な……！）

　僕は口も利（き）けない。

「ぬ……」

　女王も驚いたようだった。まさか、戦いに勝利したジークフリーデがそんなことを言い出すとは思わなかったのだろう。あれほどの激闘、それを勝った者が腕を失うなど、損得も利害も滅茶苦茶（めちゃくちゃ）だった。

「ふふ……」

だが、笑みがこぼれる。皮肉なことに、ジークフリーデの申し出は、悪逆たる暴君の嗜虐（しぎゃく）心（しん）に火をつけたようだった。

「あまりにも愚か過ぎて、かえって愉快だぞジーク。だが、王国の牙と謳（うた）われる貴様の腕なら、王国の刃とは釣り合うだろうて」

え、え……？

まさか――

ぞっと、背筋が寒くなる。

だけど事態は、僕の想像をはるかに飛び越え、

最悪に向かう。

「ただし！」

ロザリンデは、ジークフリーデをまっすぐに指す。

「一本では足りぬ！」

暴君は、そこで信じがたい注文をつけた。

「この魔術師（メルルーシ）と、そこの恥さらし。天秤（てんびん）に乗った命は二つ。それを助けたくば『二人分』を差し出せ」

「二人分、とは？」

「決まっておろう」

その笑みは残酷と残虐を塗り固めた権化のごとく。

「腕二本にせよ」

（…………）

唖然とする。

（う、嘘……でしょ？）

腕二本。腕一本でも常軌を逸しているのに、二本とも……？

だが、僕はまだ見くびっていた。

ジークフリーデ・クリューガーという人物を、まだ分かっていなかった。

「お安い御用です、陛下」

彼女は幾ばくも躊躇せず、告げた。

「この両の腕、陛下へ献上してご覧に入れましょう」

「ジーク……ッ！！」

気づけば叫んでいた。

「駄目だジーク！　そんな話に乗っては駄目！　君は、君は——」

いつの間にか恐怖はどこかに飛んでいて、ただ感情を吐露していた。

「もう『両眼（りょうめ）』を失っているのでしょう！」

両の眼（め）に続き、両の腕まで——そんなことってあるか。

しかも、僕なんか、僕なんか、彼女の腕一本分の価値もない。

「陛下、お願いがあります。どうか僕の命で、この場をお収めくださりますように！」

「おまえの命など取るに足りぬ、魔術師（メルルーシ）」

女王は吐き捨てるように言った。

「余が欲しいのはジークの誇り、その証（あかし）」

「うぅっ……」

分かっていた。そんなことは分かっていたけれど、それでもやるせなかった。こんな、こんな結末は、一番望んでいない。

そのときだ。

「魔術師（メルルーシ）！」

ジークが叫んだ。

「ジェフとリリーピアを、頼むぞ」

（ジーク……）

駄目、駄目、やめて。

だが、その願いは届くことはなく。

事は決した。

「では陛下」

彼女は長剣をすらりと抜いた。

「献上品を差し上げましょう」

「うむ」

「両の眼を開いて、しかとご覧ください」

そして彼女は、右手に持った長剣を振り上げると、
それを自らの左腕に振り下ろした。

ザッ、と乾いた音がして、血しぶきが飛んだ。彼女の左腕が、肘より下の部分を境に、赤い筋を引いて宙を舞い、そして地面に転がった。

「ああ――」

もう悲鳴も出ない。ただ、息が苦しく、目の前のことが白昼夢に思える。

「もう一本だ」

「御意」

まるで超人だった。噴出する腕の出血、その激痛に顔を歪ませながらも、ジークフリーデは片膝をつくことも、腰を折ることもせず、最後の仕上げに移った。

右手の長剣を、空高く、はるか高くに放り投げた。その剣は、まるで風車のようにくるくると回転し、そして落ちてくる。落下してきた剣を見上げながら、ジークフリーデは自らの残された右腕を差し出し、そこに剣が回転しながら落下してきて――

右腕が飛んだ。

落ちてきた剣は、地面に刺さり、同時に飛んだ腕は、まるで図ったように最初に飛んだ左腕の横に落ちた。まるで一組の赤い手甲を並べたように。

「これで……ご満足ですか、陛下」

「ふふ、ふふ、ふふはあっはははっはっはは!!」

女王が狂喜する。

(あ、あああああ――)

そしてジークフリーデは、両腕から血を噴き出しながら、ゆっくりと倒れた。

最後に聞こえたのは、リリーピアの悲鳴だったのか、それとも僕自身の悲鳴だったのか。

すべてが闇に染まるように視界が暗くなり、僕の意識はそこで途切れた。

（つづく）

あとがき

大変ご無沙汰しております、松山剛です。電撃文庫では前回の『おねだりエルフ弟子〜』以来、二年ぶりの新刊となります。よろしくお願いいたします。

今回はメインヒロインが『騎士』ということで、執筆に当たり騎士道や武士道について調べ直してみました。有名な『騎士の十戒』※によりますと、

【汝、須らく弱き者を尊び、かの者たちの守護者たるべし】（第三の戒律）
【汝、嘘偽りを述べるなかれ、汝の誓言に忠実たるべし】（第八の戒律）
【汝、いついかなる時も正義と善の味方となりて、不正と悪に立ち向かうべし】（第十の戒律）
※出典『騎士道』（レオン・ゴーティエ著・武田秀太郎編訳、中央公論新社、二〇二〇年）

……などと記され、弱きを助け強きを挫く『騎士』という存在が浮かび上がってきます。本作の少女騎士ジークフリーデ・クリューガーが、誓いを守り、貧しき子たちを助け、巨大な権力にも立ち向かう姿はこうした騎士道精神がベースにあり、たとえばジークフリーデが子供との『やくそく』に弱い点などは、第八の戒律を体現したものです。こうした『騎士道』が、ど

のシーンにどんなふうに表れているのか、そのあたりもちょっと気にしてお読みいただけると、さらに本編が面白くなるかも……しれません。

本作も、たくさんの方のご尽力のおかげで世に出すことができました。担当編集の阿南様と土屋様には改めまして御礼申し上げます。

イラストは『白銀のソードブレイカー』以来、六年ぶりにファルまろ先生とのタッグとなりました。ジークフリーデが剣を振るう様子を書きながら、この子はファルまろ先生に描いてほしいなあと考えておりましたので、念願が叶ってとても嬉しいです。ファルまろ先生の淡く繊細なタッチで描かれたキャラクターたちの勇姿を見られて感無量です。

本書の制作・販売・流通に関わるすべての方に、この場を借りて厚く御礼申し上げます。

そして本作を手に取ってくださった読者の皆様。今回は『第一部』ということで、一巻完結が多めの拙著には珍しい形態となっておりますが、もしよろしければ不屈の騎士と旅の魔術師の行く末を最後まで見守っていただければ幸いです。

二〇二一年四月　散りゆく桜を窓辺に眺めながら　松山　剛

◉松山 剛著作リスト

「雨の日のアイリス」（電撃文庫）
「雪の翼のフリージア」（同）
「氷の国のアマリリス」（同）
「白銀のソードブレイカー Ⅰ〜Ⅳ」（同）
「機動執事 —とある軍事ロボットの再就職（セカンドライフ）—」（同）
「魔術監獄のマリアンヌ」（同）
「おねだりエルフ弟子と凄腕鍛冶屋の日常」（同）
「僕の愛したジークフリーデ 第1部 光なき騎士の物語」（同）
「タイムカプセル浪漫紀行」（メディアワークス文庫）
「聞こえない君の歌声を、僕だけが知っている。」（同）
「君死にたもう流星群 1〜5」（MF文庫J）

本書に対するご意見、ご感想をお寄せください。

ファンレターあて先
〒102-8177　東京都千代田区富士見2-13-3
電撃文庫編集部
「松山 剛先生」係
「ファルまろ先生」係

本書は書き下ろしです。

電撃文庫

僕の愛したジークフリーデ
第1部　光なき騎士の物語

松山 剛

2021年6月10日　初版発行

発行者　青柳昌行
発行　株式会社KADOKAWA
〒102-8177　東京都千代田区富士見2-13-3
0570-002-301（ナビダイヤル）
装丁者　荻窪裕司（META+MANIERA）
印刷　株式会社暁印刷
製本　株式会社ビルディング・ブックセンター

●お問い合わせ
https://www.kadokawa.co.jp/（「お問い合わせ」へお進みください）
※内容によっては、お答えできない場合があります。
※サポートは日本国内のみとさせていただきます。
※ Japanese text only

※定価はカバーに表示してあります。

ISBN978-4-04-913868-9　C0193　Printed in Japan

電撃文庫　https://dengekibunko.jp/

電撃文庫創刊に際して

文庫は、我が国にとどまらず、世界の書籍の流れのなかで〝小さな巨人〟としての地位を築いてきた。古今東西の名著を、廉価で手に入りやすい形で提供してきたからこそ、人は文庫を自分の師として、また青春の想い出として、語りついできたのである。

その源を、文化的にはドイツのレクラム文庫に求めるにせよ、規模の上でイギリスのペンギンブックスに求めるにせよ、いま文庫は知識人の層の多様化に従って、ますますその意義を大きくしていると言ってよい。

文庫出版の意味するものは、激動の現代のみならず将来にわたって、大きくなることはあっても、小さくなることはないだろう。

「電撃文庫」は、そのように多様化した対象に応え、歴史に耐えうる作品を収録するのはもちろん、新しい世紀を迎えるにあたって、既成の枠をこえる新鮮で強烈なアイ・オープナーたりたい。

その特異さ故に、この存在は、かつて文庫がはじめて出版世界に登場したときと、同じ戸惑いを読書人に与えるかもしれない。

しかし、〈Changing Times,Changing Publishing〉時代は変わって、出版も変わる。時を重ねるなかで、精神の糧として、心の一隅を占めるものとして、次なる文化の担い手の若者たちに確かな評価を得られると信じて、ここに「電撃文庫」を出版する。

1993年6月10日
角川歴彦

電撃文庫DIGEST　6月の新刊

発売日2021年6月10日

86—エイティシックス— Ep.10
—フラグメンタル・ネオテニー—

【著】安里アサト【イラスト】しらび【メカニックデザイン】I-IV

シンが「アンダーテイカー」となり、恐れられるその前——原作第1巻、共和国の戦場に散ったエイティシックスたちの断片（フラグメンタル）と死神と呼ばれる少年に託された想いをつなぐ特別編！

幼なじみが絶対に負けないラブコメ8

【著】二丸修一　【イラスト】しぐれうい

黒羽たちと誠実に向き合うため、距離を置いて冷静になろうとする末晴。『おさかの』も解消し距離をとる黒羽、末晴の意思を尊重する白草、逆に距離を詰める真理愛と三者三様の戦略で、クリスマス会の舞台が戦場に！

ソードアート・オンライン プログレッシブ8

【著】川原 礫　【イラスト】abec

《秘鍵》奪還、フロアボス討伐、コルロイ家が仕掛けた陰謀の阻止——数々の難題に対し、残された猶予はわずか二日。この高難度クエスト攻略の鍵は《モンスター闘技場》!?　キリトが一世一代の大勝負に打って出る！

七つの魔剣が支配するVII

【著】宇野朴人　【イラスト】ミユキルリア

過熱する選挙戦と並行して、いよいよ開幕する決闘リーグ。他チームから徹底的にマークされたオリバーたちは厳しい戦いを強いられる。その一方、迷宮内ではサイラス＝リヴァーモアが不穏な動きを見せており——。

ダークエルフの森となれ3
-現代転生戦争-

【著】水瀬葉月　【イラスト】ニリツ
【メカデザイン】黒銀　【キャラクター原案】コダマ

次々と魔術種を撃破してきたシーナと練介。だが戦いに駆動鉄騎を使用した代償は大きく、輝獣対策局の騎士団に目を付けられることに。呼び出された本部で出会ったのはシーナと天敵の仲であるエルフとその眷属で……？

ユア・フォルマII
電索官エチカと女王の三つ子

【著】菊石まれほ　【イラスト】野崎つばた

再び電索官として歩み出したエチカ。ハロルドとの再会に心を動かす暇もなく、新たな事件が立ちはだかる。RFモデル関係者襲撃事件——被害者の証言から容疑者として浮かび上がったのは、他ならぬ〈相棒〉だった。

ホヅミ先生と茉莉くんと。
Day.2 コミカライズはポンコツ日和

【著】葉月 文　【イラスト】DSマイル

茉莉くんのおかげではじめての重版を経験をすることができたホヅミ。　喜びにひたるホヅミに、担当の双夜から直接合って伝えたいことがあると編集部へ呼び出しがかかり——!?

虚ろなるレガリア
新作 **Corpse Reviver**

【著】三雲岳斗　【イラスト】深遊

日本という国家の滅びた世界。龍殺しの少年と龍の少女は、日本人最後の生き残りとして、廃墟の街“二十三区”で巡り会う。それは八頭の龍すべてを殺し、新たな“世界の王”を選ぶ戦いの幕開けだった。

僕の愛したジークフリーデ
新作 **第1部　光なき騎士の物語**

【著】松山 剛　【イラスト】ファルまろ

魔術を求めて旅する少女と、盲目の女性剣士。当初は反目しながらも、やがて心の底に秘める強さと優しさにお互い惹かれていく二人。だが女王による非道な圧政により、過酷過ぎる運命が彼女たちに降りかかり……。

新作 キミの青春、私のキスはいらないの？

【著】うさぎやすぽん　【イラスト】あまな

非リア、ヤリチン、陰キャ、ビッチ。この世には「普通じゃない」ことに苦悩する奴らがいる。だが——それを病気だなんて、いったい誰に決める権利があるんだ？　全ての拗らせ者たちに贈る原点回帰の青春ラブコメ！

新作 ひだまりで彼女はたまに笑う。

【著】高橋 徹　【イラスト】椎名くろ

銀髪碧眼の少女、涼原楓と同じクラスになった佐久間伊織。楓がほとんど感情を表に出さないことに気づいた伊織だが、偶然楓の笑顔を目にしたことで、伊織は心動かされ——。甘くも焦れったい恋の物語が幕を開ける。

第23回電撃小説大賞《大賞》受賞作!!
最終選考委員・編集部一同を唸らせた
エンターテイメントノベルの
真・決定版!
86
[EIGHTY SIX]
—エイティシックス—
The dead aren't in the field.
But they died there.
[著]
安里アサト
[イラスト]
しらび
[メカニックデザイン] I-IV
The number is the land which isn't
admitted in the country.
And they're also boys and girls
from the land.
ASATO ASATO PRESENTS
Illustration/Shirabi Mechanical Design/I-IV
電撃文庫

幼なじみが絶対に負けないラブコメ
OSANANAJIMI GA ZETTAI NI MAKENAI LOVE COMEDY
［著］二丸修一
SHUICHI NIMARU
［絵］しぐれうい
『幼なじみ』
VS
『初恋の少女』
先の読めない
最先端ラブコメ開幕!!
STORY
高校２年生の丸末晴は、幼なじみの少女・志田黒羽からの好意を知りながらも、初恋の相手である可知白草に一途な恋心を抱いていた。だがそんな矢先、白草に彼氏がいることが発覚！
末晴は深い絶望の末、黒羽と手を組んで、男の純情を踏みにじった白草に”最高の復讐”をすることを決意する!!
電撃文庫